Was man einmal anfängt …

AF236656

Was man einmal anfängt …

Werner Reichel

Bibliografische Information der Deutschen Nationalbibliothek:
Die Deutsche Nationalbibliothek verzeichnet diese Publikation in der Deutschen Nationalbibliografie; detaillierte bibliografische Daten sind im Internet über http://dnb.dnb.de abrufbar.

Text, Illustrationen, Cover: Werner Reichel
Korrektur (Plattdeutsch):   Dr. Reinhard Goltz, INS Bremen
Korrektur (Hochdeutsch): Jörg Querner / anti-fehlerteufel.de
Buchsatz/Layout: Jörg Querner

Herstellung und Verlag: BoD – Books on Demand, Norderstedt

ISBN: 978-3-7528-2242-7

Inhalt

Wie eine Handvoll Murmeln

Verträumt stand er in der halb geöffneten Dielentür zum Hof und staunte mit offenem Mund in den aprilfeuchten Nachmittagshimmel, in den die Sonne einen farbenprächtigen Regenbogen gemalt hatte. Die Hände in den Taschen seiner zu großen Hose, die fast bis auf die Knie reichte, waren angestrengt zu Fäusten geballt, so als wollten sie etwas festhalten. Eine ganze Zeitlang schien es, als sei überhaupt kein Leben in ihm, so bewegungslos stand er da. Er hörte weder das Zwitschern der Vögel aus dem Garten und dem nahen Wald noch das Blöken der Schafe aus dem Stall und auch nicht die anderen vertrauten Geräusche aus dem Haus.

Seine Gedanken türmten sich himmelwärts empor zu dem farbigen Gebilde, das halbkreisförmig irgendwo entsprang, hinter den mehr als haushohen Kiefern mit dem undurchdringlichen Nadeldach, das von Weitem aussah wie eine grüne Berg- und Tallandschaft. Der Bogen spannte sich weit über den blauschwarzen Himmel, um auf der anderen Seite, unendlich weit hinten und doch, so schien es, greifbar nah, im regensatten, schwarzen Acker zu verschwinden, als wollte er der wintermüden Erde die

Farben zurückgeben, welche die kalte Zeit genommen hatte.

Als hätten die Farben auch nun den Grund seiner Seele erreicht, erwachte der kleine Junge mit der zu großen schwarzen Hose aus seiner Bewegungslosigkeit und setzte langsam und dann immer schneller werdend einen Fuß vor den anderen, um zur Quelle der wunderschönen Farben zu laufen, die noch viel schöner waren als die glasierten Tonmurmeln in seiner Hosentasche.

Er hatte die schützende riesige Kastanie vor dem Haus – unter deren mächtigem, ausladendem Astwerk, an dem sich schon grüne Blättchen hervorwagten, nur wenige Tropfen des Aprilschauers den Boden berührten – verlassen und seine Füße, die in grünen, grobgestrickten Strümpfen und hohen, zu großen Schnürschuhen mit glatter Ledersohle und aufgenagelten Eisenplättchen steckten, rutschten über frühlingsgrünes Gras dem Acker entgegen, in den sich, so schien es, der Regenbogen hineingebohrt hatte.

Und während er dahinrannte, selbstvergessen, wunschbeseelt, kamen ihm Gedanken an die schönen, teuren Glasmurmeln, die er sich schon immer gewünscht hatte, deren Schönheit aber nun verblasste unter dem Leuchten der Farben des Regenbogens.

Die glasierten Tonmurmeln in seiner Hosentasche, die ähnlich grüne, rote, blaue und violette Farben hatten, wurden so unglaublich wertvoll, so unersetzlich, dass es ihn mit wohltuender Befriedigung erfüllte, als er vor Anstrengung, schnell atmend, die ersten Ackerschollen erklomm. Schon hatten seine zu großen braunen Schuhe die Farbe des schwarzen Ackers angenommen und die Erde gab die Füße kaum noch frei.

Direkt hinter einem großen, hölzernen Leitungsmast, nur ein paar Steinwürfe entfernt, so nah und doch fast unerreichbar, senkte sich der wie zartleuchtendes Glas aussehende Bogen auf die Erde, die ihm dafür ihre feuchte Wärme entgegenschickte.

Der Junge in den braunen Schuhen bremste seinen stolpernden Lauf, hielt einen Moment inne. Ihm schien es, als stünde nun auch der Regenbogen still, der während des Laufens, so sah es aus, vor seinen Augen auf- und abgetanzt war, als wollte er seinen Lauf noch beschleunigen. Nun aber, so als wartete der Regenbogen auf ihn, leuchtete er noch kräftiger zur Erde herunter, als hätte er nie etwas anderes getan.

Mit glühendem Gesicht und klopfendem Herzen übersprang der Junge zwei Ackerfurchen gleichzeitig, und der Regenbogen – das Ziel seiner Wünsche, den er in Gedanken hinter dem hölzernen Leitungsmast schon berührte, seine Farben bewunderte, das zarte Grün, das sanfte Rosaviolett, das leichte Zartblau – war nur noch ein paar Herzschläge ohne ihn. Denn sicher war, dass der Regenbogen auf ihn gewartet hatte.

Endlich hatte er ihn erreicht, den hölzernen Stamm, gewaltig hoch und stark war er, direkt vor ihm, wie der Wächter zu dem geheimnisvollen Tor, durch das er in dieser Sekunde eintreten wollte, in die Welt der unermesslichen Schätze, die noch nie jemand zuvor gesehen hatte, in der alle Edelsteine der Welt verblassten, wo die Freude einer einzigen Sekunde mehr war als das Lachen eines ganzen Tages und wo die Farben aus der Erde wuchsen zu einem Teppich, der so schwebend weich war wie die Pusteblumen im Sommerwind.

Noch im Laufen stützte sich der Junge mit seiner kleinen Hand gegen den hölzernen Stamm, als wollte er ihn wegschieben, ihn, der wie ein Wächter den Weg zu dem Tor versperrte, hinter dem der Regenbogen auf ihn wartete. Dann aber bremste er jäh seine stolpernden Beine und unsicher stand er auf der glitschigen Erde, die zu dicken Klumpen unter seinen Sohlen angewachsen war.

Mit großen Augen stand er da, schaute zu dem Regenbogen, der sich noch immer vom Himmel auf die schwarze Erde senkte und so aussah, als wollte er in die Erde hineinwachsen, aber wieder so unendlich weit weg; und auf einmal wusste er nicht mehr, warum er dem Regenbogen nachgelaufen war. Durch den Tränenschleier in seinen Augen sah er plötzlich wieder die Vögel, vernahm das Zwitschern und das entfernte Blöken der Schafe. Zunächst noch von ganz weit, dann aber immer deutlicher, schließlich spürte er auch die nasse Ackererde an seinen Beinen.

Ein paar dicke Wolken schoben sich verdunkelnd über den Rand der Sonne und fest schloss sich seine kleine Hand um die bunten, abgenutzten Tonmurmeln in seiner Hosentasche …

Was man einmal anfängt ...

Der stumpfe, blecherne Ton der Schrankenglocke zerriss die Stille des nahenden Abends und kündigte wie jeden Tag um diese Zeit den Güterzug an, der dann mit lautem Rollen und Dröhnen die Wände des kleinen Bahnwärterhäuschens zum Beben brachte. Die rot-weiße Schranke mit den rostigen Stellen wippte noch ein paarmal kurz auf und nieder, brachte den darunter hängenden Kettenvorhang noch kurz zum ausschwingenden Klirren und Klingen und sperrte dann endgültig die holperige, staubige und mit Teerflicken ausgebesserte Straße ab.

Fast alle, die hier tagaus, tagein den Bahnübergang passierten, kannte der Schrankenwärter und nicht selten öffnete er die schon heruntergelassene Schranke, um den einen oder anderen vor der Durchfahrt des Zuges rasch noch durchzulassen. Manchmal dachte er dabei an die Dienstvorschrift und seine oberste Pflicht, dafür zu sorgen, dass der Bahnübergang sicher befahren werden konnte. Gleichzeitig erschrak er bei der Vorstellung, was passieren würde, wenn plötzlich doch ein Zug käme und die Schranke noch geöffnet wäre.

Dann aber schob er den Gedanken beiseite wie so

oft und er war sicher, es würde nichts passieren; denn nach vielen Jahren Dienst auf diesem Posten kannte er jede Minute des Fahrplans in- und auswendig. Er hatte sogar manchmal das Gefühl, als sei jeder Zug, jedes Geräusch am Schienenstrang ein Teil von ihm geworden.

So war es eine Art Selbstverständlichkeit, jene hüben und drüben gefällig und bereitwillig noch durchzulassen. Außerdem bot sich, während er nach draußen kommen musste, um die Kurbel zu betätigen, die Gelegenheit zu einem kleinen Schwätzchen, das etwas Abwechselung in seinen alltäglichen Dienst brachte.

Ja, eintönig empfand er immer häufiger seinen Dienst, ohne dass er wusste, warum er es dachte. Seine Hand löste sich langsam vom glänzenden Metallgriff, blankpoliert vom unzähligen Öffnen und Schließen. Wie oft habe ich die Kurbel in den Jahren wohl bewegt, überlegte er und schaute etwas versunken auf den Griff der Kurbel, der sich in seiner Hand erwärmt hatte und der in der untergehenden Abendsonne goldfarben aufblitzte. Gleichzeitig aber erschrak er über seine Gedanken, die in der letzten Zeit immer häufiger auftauchten.

Besonders der, dass er seinen Dienst zunehmend eintöniger fand, beschäftigte ihn zusehends. Wie kann ich es eintönig finden, dachte er, sich innerlich ungehalten zurechtweisend, und er war froh, dass in diesen Momenten mit lautem Getöse der erwartete Güterzug heranrollte und seine Gedanken abrupt beendeten. Er trat noch zwei Schritte an den Schienenstrang heran, hob die rot-weiße Fahne, während der Zug mit der rauchenden, schwarzen Lokomotive nur noch wenige Armlängen entfernt an ihm vorbeirollte.

Sekundenlang war er von riesigen Dampf- und Rauchschwaden eingehüllt, die sich schwer und feucht auf seinen Atem legten, und er spürte das Zittern des Erdbodens und das Stampfen der Lokomotive, das rhythmische Klackklack-Klackklack der schweren Räder, und nichts war beruhigender zu wissen, als dass die Schranke geschlossen war. Er fand es noch immer ein wenig aufregend, so dazustehen und den Zug ganz nah an sich vorbeifahren zu lassen.

Meistens rief er noch etwas hinauf zum Lokführer, obwohl er wusste, dass er ihn nicht hören konnte. Der Luftzug und Lärm des Zuges rissen jeden Ton von den Lippen und verschluckten ihn unwiederbringlich. In Gedanken hatte er die Wagen des schwerbeladenen Zuges mitgezählt.

Es waren sechsunddreißig oder siebenunddreißig, ähnlich wie die Güterzüge gestern, vorgestern oder letzte Woche, letztes Jahr … Und häufig kam Koks für die Hüttenwerke, die damit das Erz zu Eisen und Stahl schmolzen für die Industrie, die daraus neue Güter fertigte, Autos, Waschmaschinen, Kühlschränke, Panzer für's Militär, Schienen für die Bahn und …

Der Schrankenwärter öffnete die Augen, die er für ein paar Sekunden geschlossen hatte. Der Zug hatte den Bahnübergang längst passiert und verlor sich weit hinter der Signalanlage in einer langgezogenen Kurve, wohin er den Zug nicht mehr mit den Augen verfolgen konnte. Nur das Geräusch des Rollens und Rasselns war noch eine Weile zu vernehmen, verebbte dann zu einem leisen Raunen, um dann endgültig zu verstummen. Eine Zeitlang stand der Schrankenwärter reglos da, den Kopf seitlich etwas geneigt und lauschte dem längst verschwundenen Zug nach.

Ein kurzes Hupen schreckte ihn aus seinen Gedanken auf, in die er beim Vorbeifahren des Zuges versunken war. Ein Traktor mit vollbeladenem Hänger wartete vor der geschlossenen Schranke. »He, du willst mich wohl nicht durchlassen!« Die ärgerliche Stimme gehörte zu dem Mann auf dem Traktor und brachte ihn in die Gegenwart zurück, die ihm manchmal entglitt, wenn er wie kurz zuvor ins Grübeln verfiel.

Dann drehte er die Kurbel, die die Schranke in Bewegung versetzte, rief ein paar belanglose Worte zu dem Mann auf dem Traktor, der mit einem knirschenden Ruck den Gang einlegte und das heubeladene, rumpelnde Gefährt, das nach Trockenheit und Geborgenheit roch, über den Bahnübergang lenkte, nicht ohne die Hand noch einmal grüßend an die Mütze zu legen.

Der Schrankenwärter kannte den Bauern von der anderen Seite, dessen Gehöft vom Fenster des Bahnwärterhäuschens gut zu sehen war. Er kannte auch die kleinen, deftigen, gegenseitigen scherzhaften Wortplänkeleien, die ihm aber in der letzten Zeit nicht mehr so leicht von den Lippen kamen.

Auch die Leute im Dorfkrug, die er manchmal vor Dienstbeginn sah, wenn er sich noch ein Getränk oder eine Rolle Pfefferminzdrops holte, erschienen ihm häufiger nicht mehr so vertraut, irgendwie fremder als sonst.

In der Ecke saß fast immer der in die Jahre gekommene Brinkholt – an der Wand über ihm ein hölzernes Propellerblatt eines Sportflugzeugs, das er schon lange nicht mehr fliegen durfte – und vertrank, seit Jahren vor sich hinweinend, Haus und Hof. Wenn er den Schrankenwärter sah, begrüßte er ihn immer mit denselben Worten: »Hest du de Schranken to?«, worauf der immer antwortete: »Jo, heff ick!« »Denn man

16

to, denn man to«, sagte dann Brinkholt und leerte dann mit noch mehr Tränen in den Augen sein Schnapsglas …

Mit etwas schleppenden Schritten ging er zurück in den spärlich eingerichteten Raum des Bahnwärterhäuschens, stellte die Signalfahne wieder an ihren Platz, und sein Blick glitt unbewusst über die anderen Gegenstände, die zu seinem Dienst gehörten. An der Wand an einem Lederriemen das Signalhorn, daneben die Batterieleuchte mit roten und grünen Gläsern, darunter auf dem Boden stehende Signallampen, die er bei Dienstbeginn angezündet hatte.

Dann glitten seine Finger wie verloren über die abgeschabte Oberfläche des Schreibtisches und eine Zeitlang hatte er das Gefühl einer beklemmenden Leere. Erst als sein Blick sekundenlang auf dem aufgeschlagenen Zugmeldebuch und Fahrplan zur Ruhe kamen, kehrte seine gewohnte Betriebsamkeit zurück.

Er spürte ein siedendheißes Gefühl des Erschreckens, das ihn im tiefsten Innern erschütterte. Es war eine Kleinigkeit, eigentlich nur ein Häkchen auf dem Fahrplan mit den Zugnummern, die diese Erschütterung auslöste. Dieses Häkchen fehlte. Der aufgeschraubte Füllhalter lag in exakter Bereitschaft, aber seine Hand, die ihn führen sollte … Er konnte es sich nicht erklären, warum er den letzten Zug, der gerade erst durchgefahren war, nicht vorschriftsmäßig nach der Durchsage des Fahrdienstleiters abgehakt hatte.

Eigentlich ist es doch egal, dachte er, niemand sieht, ob der Zug nach der Durchsage oder erst später abgehakt wurde. Er holte das Versäumte nach und trug die Durchfahrtszeit ein. Dann starrte er immer wieder auf das kleine Häkchen, das nicht anders aussah als die anderen, die er bei den anderen Zügen eingetragen hatte.

Er musste plötzlich daran denken, dass er auch das Läutesignal, welches den Güterzug angekündigt hatte, nicht bewusst gehört hatte. Nach der Ankündigung des Zuges war er gedankenversunken und routinemäßig mit der Fahne vor die Tür getreten und hatte die Schranke geschlossen. Er lehnte sich auf seinem Holzstuhl zurück, atmete ein paarmal tief und versuchte die bohrenden Gedanken über seine Unachtsamkeit und seine Grübelei herunterzuschlucken.

Schon häufiger hatte er sich in letzter Zeit beim Grübeln ertappt, viel öfter als früher, aber dass er etwas in seiner Dienstausübung vergessen konnte, das beunruhigte ihn zutiefst. Vielleicht sollte ich mich krankmelden, dachte er, aber gleichzeitig kam er sich lächerlich vor, was hätte er für einen Grund angeben können? Krank weil man grübelt oder nachdenklich ist? Niemand würde es hören wollen und niemand würde es verstehen.

Energisch legte er den Füllhalter, den er noch immer in der Hand hielt, neben das aufgeschlagene Streckenbuch und blickte zum nicht weit entfernten Teich hinüber, auf dem abendliche Nebelschwaden allmählich die spiegelnde Wasserfläche einhüllten. Eine frühherbstliche Abenddämmerung, die, wie er empfand, immer eine wohltuende Ruhe verströmte, der er sich in der Vergangenheit nur gerne für Minuten hingab. Eine Ruhe, die ihn in der letzten Zeit immer seltener erreichte.

Er hatte plötzlich das Gefühl, in dem kleinen Raum, der ihm enger vorkam als sonst, zu ersticken. Er öffnete das Seitenfenster neben der Wanduhr, die seinen Dienst bestimmte, und blickte auf den schnurgeraden Schienenweg, der weit hinten nach einer langgezogenen Kurve im Tunnel verschwand. Er atmete die abendliche Luft tief ein und hielt den Atem ein paar Sekunden an.

Mehr als ein Dutzend Jahre sind eine lange Zeit, dachte er, und er, so sehr er sich anstrengte, konnte sich nicht wirklich vorstellen, wo die Zeit geblieben war. Manchmal, so schien es ihm, waren es erst wenige Tage, seit er den Dienst als Schrankenwärter angetreten hatte. Aber immer häufiger hatte er das Gefühl, als seien schon Ewigkeiten vergangen und dass das Leben ohne ihn vorbeigezogen war und dass da niemand war, dem er hätte die Schuld dafür geben können. Er selbst hatte sich die Arbeit als Schrankenwärter ausgesucht, obwohl er heute nicht mehr genau wusste, warum.

Gleich nach dem Krieg hatte er sich für den Schrankendienst beworben. Schon lange vorher arbeitete er bei der Bahn in der Gleisbaukolonne. Harte Arbeit für einen Jungen, dessen Bart noch nicht einmal richtig spross. Aber wer fragte schon danach, damals.

Der Vater war einige Jahre nach dem Ersten Weltkrieg an den Folgen einer Verletzung gestorben und seine Mutter hatte Mühe, seine drei Geschwister und ihn durchzubringen. Uhrmacher oder Feinmechaniker wäre er gerne geworden oder vielleicht auch weiter zu einer höheren Schule gegangen.

Aber wer fragte schon danach? Beim Gleisbau in der Rotte wurde man nicht schlecht bezahlt und außerdem konnte man sich hocharbeiten. So hieß es dann auch: Bewähr dich ganz unten, dann kommst du von alleine hoch. Ihm war es egal, ob er aufstieg oder nicht. Kreuzlahm war er häufig, krummgeschuftet vom Schwellenschleppen und Schotterkratzen.

Später wurde es mehr und mehr zur Gewohnheit. Der Körper hatte sich an die schwere Arbeit gewöhnt und der Geist beschränkte sich auf ein Weniges an Nahrung. Als dann der Krieg begann, meldete er sich als Freiwilliger und er genoss das bisschen Bewunderung seiner Kollegen. Er ahnte noch nicht, dass er den Krieg bald verfluchen würde.

Warum hatte er sich überhaupt freiwillig gemeldet? Immer wieder stellte er sich in der Zeit und später diese Frage. Je mehr er darüber nachdachte, umso weniger fand er eine befriedigende Antwort darauf. Mut war es sicher nicht, denn er rechnete sich nie zu den Mutigsten. Irgendwie war es wohl nur die Pflicht, der man sich nicht entziehen durfte. Und viel später, die Zeit als Soldat kam ihm wie ein schlimmer Albtraum vor, wünschte er sich, dass er das alles niemals hätte erleben müssen. Er hatte nie viel darüber gesprochen, auch mit Hanna nicht, seiner Frau, die er ein Jahr vor Kriegsende im Urlaub heiratete.

Sie kannten sich bereits aus der Schulzeit und irgendwie wussten beide, dass sie zusammenbleiben würden – später. Er hatte früher auch nie mit ihr darüber gesprochen, dass er sich häufig wie ein Feigling vorkam und auch dass er gerne etwas anderes gemacht hätte. Aber der Posten als Schrankenwärter bot sich ganz einfach an.

Beim Gleisbau war er nie unangenehm aufgefallen, im Gegenteil. Er arbeitete stets fleißig, war geschickt und anstellig. So hatte man keine Bedenken ihn für die Ausbildung zu nehmen. Zur Rotte zurück, nein, das wollte er nicht. Er wollte Abstand und Abgeschiedenheit eines einsamen Schrankenpostens, den er nach der Schulung zum Schrankenwärter dann bekam.

Und er war froh, nicht so viel reden zu müssen die ersten Jahre. Aber die Einsamkeit und das Alleinsein auf einem Schrankenposten ließen viel Zeit für eine Gedankenwelt zwischen den Zügen und wenn alle anderen Arbeiten erledigt waren. Nicht selten legten sich dann die Bilder und Erinnerungen der Kriegstage wie dunkle Schatten auf seine Seele und wollten nicht weichen. Die Sekunden tropften dann, wie er empfand, wie Wachs zu einer unendlichen Masse, aus der er sich nur mühsam befreien konnte.

Wie aus dem Schutt und den Trümmern, die ihn zu ersticken drohten, nachdem aus den brummenden Schatten am Frühlingshimmel die zerstörerische Last auf den Bahnhof niederging und alles zerbersten ließ. Waggons, Gebäude, Menschen – und Gleise, die sich wie verbogene Leitern anklagend gen Himmel wölbten. Als er zu sich kam, befand er sich noch immer neben dem Gleisbett, die Arme schützend um den

Kopf gelegt und versuchte Angst und Entsetzen nicht herauszuschreien.

Damals schwor er sich, nie wieder eine Uniform anzuziehen, die ihm immer verhasster wurde, je länger er sie tragen musste. Manchmal wünschte er sich, mit jemandem über alles Erlebte sprechen zu können, aber niemand sprach über so etwas. So schwieg auch er und verbarg die Erinnerung so gut es ging hinter einem Verhau von Alltäglichkeiten und den sich ständig wiederholenden Tätigkeiten seines Dienstes in seinem Schrankenwärterhäuschen, das er wie eine kleine Fluchtburg empfand, besonders abends, wenn das Leben ringsherum einschlief.

Viel gab es nicht zu tun, zwölf Stunden lang, besonders in der Nacht nicht, aber er fand immer Tätigkeiten, um die Zeit zu nutzen, Arbeiten, die zu seinem Dienst gehörten, die ihn auch von seinen Gedanken ablenkten oder anderes.

Mal putzte er die Scheiben seines Häuschens, ölte und fettete das Räderwerk der Schrankenanlage oder polierte die Gläser der Handlaterne, mit der er die wichtigen Lichtzeichen an den Lokführer signalisierte. Wehe der Lokführer sah das Signal der Lampe nicht, weil etwa die Lampe verschmutzt war, nicht funktionierte oder er gar vergessen hatte, mit der Lampe vor die Tür zu treten und sie hochzuhalten, was dann bedeuten würde, Schrankenwärter nicht auf Posten. Der Lokführer könnte den Zug schlimmstenfalls zum Stehen bringen.

Die Dämmerung war inzwischen hereingebrochen und allmählich schlief das Schnattern und Flattern auf dem nahen Teich ein. Beim nächsten Zug werde ich die Lampe nehmen müssen, dachte der Schrankenwärter und er wendete seinen Blick vom Teich zurück zum Platz, wo die Signallampe stand. Und mit einer vorher nie gekannten Gleichgültigkeit bemerkte er den kleinen Fleck auf dem Glas der Laterne.

Ich werde es sagen, dass ich diese Arbeit nicht mehr machen will, nicht mehr machen kann. Aber wie soll ich es sagen? Der Gedanke war unangenehm, ließ sich aber nicht mehr verdrängen, wie so häufig. Was man anfängt, das führt man auch zu Ende, würde seine Mutter wieder sagen, lebte sie noch. Aber wo ist das Ende?

Er suchte nach der Antwort, und was er in diesen Sekunden spürte, war das Bedürfnis zu sagen, ich habe keine Lust mehr, fühle mich leer, ausgebrannt, ungelebt. Einsamer Tagdienst, einsamer Nachtdienst, Woche um Woche, fünfzehn Jahre. Güterzüge, Personenzüge, Schnellzüge, die Schranken auf und ab, die Fahne, Laterne, Eintragungen, warten und – grübeln.

Ich werde es ihr sagen – morgen, gleich nach dem Nachtdienst. Ich werde endlich den Mut aufbringen und ich werde ihr auch sagen, dass ich ihren Morgenrock nicht mehr ertragen kann und ihre ungepflegten Haare. Und ich werde ihr sagen, dass ich es nicht mehr ertrage, dass wir nie mehr miteinander reden können, so wie früher.

Und mit einem Male dachte er daran, wie grau sie geworden war. Vielleicht sollte ich ihr mal wieder ein paar Blumen mitbringen, wie früher, vielleicht würden ihre Augen dann wieder etwas strahlen, denn auch sie waren stumpf geworden, stumpf und glanzlos wie die Haare.

Entfremdet hatten sie sich, zunächst unmerklich, stetig, endgültig und in der Gewissheit, dass sich daran nichts ändern würde, blieben sie zusammen, obwohl sie kaum noch miteinander sprachen. Manchmal, wenn er erneut keinen Schlaf gefunden hatte, sich die Bilder der Vergangenheit nicht abschütteln ließen und sich beim Frühstück oder Abendbrot ihre Blicke sich kurz berührten, versuchte er ein paar Worte herauszubringen.

Sie hatte dann meistens abgewinkt und indem sie in der Tasse rührte oder zum Herd ging, meistens mit der Bemerkung, dass er die alten Geschichten ruhen lassen sollte, dann fühlte er die unendliche Einsamkeit und Leere, die ihn begleitete, wenn er seinen Dienst antrat.

In diesen Momenten wünschte er sich die Zeit zurück, wenn er manchmal vom Dienst zurückkam und sie zusammen vor dem warmen Ofen saßen, den sie mit den wenigen Kohlen beheizt hatten, die er, in altes Zeitungspapier gepackt, heimlich mitgenommen hatte, abgezweigt von der zugeteilten Menge für den alten Ofen im Schrankenposten. Er vermisste diese nie wieder so erlebte Zweisamkeit dieser Zeit, in der Kohle mehr war als nur die Glut, die man damit entfachte.

Kohle brachte viele in gemeinsamer Not zusammen, und die »schwarzen Diamanten«, die es nur auf den Waggons gab, beherrschten das Denken und Fühlen aller.

Schnell musste es gehen, und wenn die Abstände zwischen dem rhythmischen Klackklack, Klackklack immer länger wurden, das Geräusch der Waggonräder zu einer mahlenden, schleifenden Langsamkeit wurden, lösten sich aus den Schatten der Dämmerung und des Bahndamms meistens die Ersten, die aufsprangen, wühlten sich in die schwarze Masse und warfen ab. Unten neben dem Bahndamm der Tross der Karren, Säcke, Taschen. Manche verloren beim Auf- oder Abspringen eine Hand, ein Bein oder das Leben.

Manchmal war auch die Bahnpolizei zum Schrankenposten gekommen, um vielleicht herauszubekommen, wer daran beteiligt gewesen war. Er müsse doch etwas gehört oder gesehen haben, wer dabei gewesen war, so der eine Polizist.

Was sollte er sagen? Jeder klaute Kohle, der Polizist wusste es und er wusste auch, dass er log, als er sagte, er wüsste nichts …

Er bemerkte, dass er noch immer auf die Laterne starrte und zwischen dem Auf und Ab seiner Gedanken horchte er auf das Pochen seiner Schläfen, das so laut war wie die Worte, die er so oft in sich hörte und die, so sehr er sich bemühte, sie zu überhören, in ihm nachhallten. Was man anfängt, das führt man auch zu Ende, zu Ende, zu Ende …

Erst das klackende Springen des Minutenzeigers der Uhr unterbrach seine Gedanken. Bis zur Durchfahrt des Schnellzuges waren es noch fast fünfzig Minuten und in Kürze würden zwei Güterzüge durchfahren. Die Ankündigung der Züge nahm er über Fernsprecher mit gewohnter Aufmerksamkeit entgegen. Er hakte sie auf dem Fahrplan ab, nahm die Signallaterne und trat, nachdem er die Schranke heruntergelassen hatte, wenige Schritte vor den Eingang und gab, als der Zug herandröhnte, vorschriftsmäßig das Lichtzeichen für den Lokführer.

Erst eine Weile später beim Gegenzug fiel ihm auf, dass er nicht wie üblich aus einer Gewohnheit heraus die Wagen gezählt hatte. Er bemerkte es, ohne dass ihm einfiel, warum er das Zählen vergessen hatte. Der Schrankenwärter stellte die Signallampe auf ihren Platz. Er würde sie bald erneut brauchen für den Schnellzug.

Er setzte sich auf seinen abgeschabten Stuhl, den er ein Stück vom Schreibtisch abgerückt hatte, und blickte eine ganze Weile auf die graue Wand neben der Uhr, ohne dass es ihm bewusst war. Eine geraume Zeit saß er fast regungslos, dann schweifte sein Blick auf den alten Ofen, dem man die Jahre und die vergangene Hitze ansah. Er betrachtete die abgeschlagenen Stellen an der darauf stehenden, roten Emaillekanne, die sich in der Dämmerung schwärzlich abhoben. Wie Wundmale, dachte der Schrankenwärter, wie Verletzungen, die nicht mehr heilen …

Das Schrillen des schwarzen Telefons ließ ihn zusammenfahren. Er schluckte einige Male, bevor er den Hörer abnahm und sich meldete: »Posten!«

Die Stimme des Fahrdienstleiters klang wie immer dienstlich, blechern: »Zug F1 voraussichtlich ab …!«

Der Schrankenwärter legte den Hörer auf und hakte den Zug auf dem Fahrplan ab. Verspätung, dachte er, Verspätung wegen der Gleisbauarbeiten, wahrscheinlich an der Weiche, und im selben Moment fielen ihm die schadhaften Stellen am Bahnübergang ein.

Und er dachte an die Gleisbauarbeiten, die er selbst einige Jahre erlebt hatte. Schnell musste es meistens gehen, denn der Zugverkehr durfte nicht lahmgelegt werden. Nur eingespielte Leute arbeiteten bei dringenden Reparaturarbeiten zusammen. Während die einen die Schrauben am alten Schienenstück lösten, schleppten die anderen bereits mit Schienenzangen die neue Schiene heran. Auf Kommando »Hebt an!« wurde die Schiene wie eine lange Schlange aus der Verankerung gehoben, während die anderen die neue Schiene an die alte Stelle setzten. »Achtung …!« Die Kommandos waren ihm damals wie beim Militär vorgekommen, ohne dass es ihn weiter berührte.

Inzwischen hatte er die Signallampe wieder von ihrem Platz genommen und ging mit bedächtigen Schritten nach draußen. Sechs Schritte waren es zur Winde und während er, in einer Hand die Lampe haltend, die Schranke herunterließ, kam ihm fast gleichgültig auch der Gedanke, dass er auch in den ganzen Jahren hätte die Schritte zählen können. Sechs Schritte hin, sechs zurück, etliche Male am Tag, meistens sechs Tage die Woche, vierundzwanzig Tage im Monat – im Jahr unendlich viele Schritte, in zehn Jahren, im ganzen Leben … Er schaute auf den inzwischen beleuchteten Bahnübergang mit den blanken, im Licht glänzenden Schienen, die sich weiter hinten in der einhüllenden Dämmerung verloren.

Auf der anderen Seite des Bahnübergangs, unweit des Teiches näherte sich ein Licht, mal heller, mal dunkler. Hinnerk, dachte der Schrankenwärter, und heute fiel ihm auf, dass er immer kam, wenn die Schranke geschlossen war. Seltsam, kam es ihm in den Sinn. Es wiederholt sich alles, die Schritte, die Stunden, die Tage – und Hinnerk, er kommt immer, wenn die Schranke geschlossen ist. Schon seit Jahren schob Hinnerk sein altes, klapperiges Fahrrad, an dem ein ebenso klapperiger, zweirädriger, gummibereifter Anhänger hing, zusammengebastelt aus alten Rädern eines Fahrrades und zusammengesuchten Brettern. Kaum jemand, der ihn mal ohne dieses Gespann, das so manchen Sack Kohle in der schlechten Zeit transportiert hatte, gesehen hätte.

Seit vielen Jahren kannten sie sich. In der Schulzeit

heckten sie so manchen Streich aus. Ihre Wege trennten sich dann später, als Hinnerk in die Lehre ging. Jahre später trafen sie sich wieder, irgendwo im Krieg in Frankreich, wo Hinnerk dann sein Knie einbüßte. Sein Bein war steif geblieben, und das Fahrrad konnte er nur mit dem gesunden Bein und einem dafür gebauten Tretlager fahren. Weil es ihm oft zu anstrengend war, so zu fahren, schob er das Rad meistens.

Immer wenn er ihn kommen sah, hatte der Schrankenwärter dann bereitwillig die Schranke geöffnet. Rasch humpelnd hatte Hinnerk dann das Gespann auf die andere Seite geschoben, um dort ein wenig zu verweilen. Sie wechselten meistens belanglose Worte. Über den Krieg hatten beide auch früher nie gesprochen. Manchmal hätte er sich gewünscht, ein wenig darüber zu reden, aber da Hinnerk nie erkennen ließ, dass er das auch wollte, verblieb es. Im gegenseitigen Schweigen hatten sie es immer bei Belanglosem belassen.

Während seines Verweilens am Bahnwärterhäuschen wurschtelten seine tabakgefärbten Finger wie bei einem sich wiederholenden Ritual jedes Mal aus widerspenstigem, billigem Grobschnitt ein fingerdickes Etwas, das er dann gekonnt in den Mundwinkel hing und anzündete. »Fast wie Machorka, nur nicht so gut«, sagte er jedes Mal und der beißende

Qualm des Krautes trieb ihm immer die Tränen in die Augen. Der Schrankenwärter dachte dann stets an die teuren Eckstein-Zigaretten, die auf dem blechernen Reklameschild neben der Tür des Dorfkrugs zu sehen waren und die sich Hinnerk nicht leisten konnte. »Eckstein, Eckstein, alles muss versteckt sein«, sangen manchmal die Kinder, wenn sie Verstecken spielten.

Nach dem Aufrauchen zog Hinnerk jedes Mal, auch ein Ritual, einen kleinen Flachmann aus der Tasche. »Willst du auch?«, fragte er dann immer, nach Fusel riechend, obwohl er wusste, dass er erneut alleine trinken würde. Und immer war er die Ruhe selbst.

Heute aber war er anders als sonst, aufgeregter. Er kam wieder vom Angeln. »So groß ist er«, rief er. Offenbar hatte er etwas gefangen. »Ich hab ihn«, rief er schon von Weitem. »So groß ist er«, rief er noch einmal und deutete etwas an. »Mach schon auf, damit du ihn dir ansehen kannst!«

Der Schrankenwärter zögerte ein wenig und dachte an den Schnellzug, der bald kommen musste, gab aber im selben Moment dem aufkommenden Zweifel, den er sonst nicht verspürte, keinen Raum und öffnete die Schranke gerade so viel, dass Hinnerk eben mit seinem Gefährt darunter durchschlüpfen konnte. »Beeil dich, der Zug kommt gleich«, rief er noch hinüber, und im selben Moment, in dem er das letzte Wort hinüberrief ertönte das Läutewerk, schrill, durchdringend. In wenigen Minuten würde der Schnellzug den Bahnübergang passieren.

Hinnerk hatte das erste Gleis überschritten, dann sah er ihn stürzen. Sein linker Fuß stolperte über eines der Schlaglöcher zwischen den Gleisen, verlor das Gleichgewicht, riss mit ausgestreckter Hand einen Arm hoch und fiel dann seitlich zwischen die Gleise, dabei immer noch krampfhaft mit der anderen Hand den Lenker des Fahrrades festhaltend, als könne es ihm Halt geben. In das Poltern des Anhängers, der am Gepäckträger der Fahrrades befestigt war, als er seitlich umkippte, mischte sich der Aufschrei Hinnerks und das blecherne, knirschende Geräusch des Fahrrades, als es auf die Schienen stürzte und halb über Hinnerk zu liegen kam.

Der Schrankenwärter stand nach wie vor an der Winde, die Kurbel wie gelähmt festhaltend, als er den entfernten Schnellzug aus dem Tunnel rasen hörte. Es war das unverkennbare leise Summen, Raunen zunächst, wenn der Zug im Tunnel die Luft vor sich her treibt, nach dem Tunnelausgang stetig lauter wird und anschwillt zu dem vielstimmigen Fahrgeräusch eines Schnellzuges. In wenigen Augenblicken würden in der Ferne die Lichter der Lokomotive zu sehen sein, dann war es nur noch eine Spanne von einer Minute bis zum Bahnübergang. Hinnerk lag noch immer an der gleichen Stelle und versuchte verzweifelt sich von dem über ihm liegenden Fahrrad zu befreien.

Der Schrankenwärter hatte das erste Entsetzen überwunden und die ersten Meter zum Bahnübergang hinter sich gebracht. In der einen Hand hielt er noch immer die Signallaterne; er bemerkte es, als er den Signaldraht an der Seite der Schotterböschung übersprang.

Wenn der Lokführer das Schwenken der Laterne nicht sieht, wird er vielleicht den Zug zum Halten bringen, schoss es ihm durch den Kopf, und im Stolpern schleuderte er die Laterne von sich, die seitlich des anderen Schienenstranges in Flammen aufging. Er bemerkte nicht mehr, wie er sich beim Sturz auf die Schottersteine zwischen den Schwellen die Knie aufschlug. Zu groß waren die entsetzten Augen Hinnerks, der ihm mit offenem Mund, als wollte er schreien, den Arm entgegenstreckte.

Der Schrankenwärter ergriff die ihm verzweifelt entgegengestreckte Hand, die sich an seiner festkrallte. »Der Zug, Hinnerk, der Zug«, schrie er und wusste nicht, dass er seine Angst herausschrie, als er Hinnerk unter dem Fahrrad und dem Gewirr von Schnüren und Angelruten hervorzerrte.

Er sah nicht mehr die Lichter der Lokomotive und den wabernden Funkenregen, als die Bremsen die schweren, roten, stählernen Räder der Lok blockierten und zu einem ohrenbetäubenden Kreischen brachten. Erst als sie auf der anderen Seite der Schienen lagen, vernahm er den schmerzenden Lärm und ein kurzes Knirschen, als der Zug Hinnerks Gespann überfuhr und erst weit hinter dem Bahnübergang zum Stehen kam.

Dann hörte er eine bebende Stimme wie aus weiter Ferne: »Mein Gott, das war so knapp, so knapp, ich dachte, es ist zu Ende, ich wusste nicht, dass du so mutig bist, so mutig!«

»Ich auch nicht, ich auch nicht«, hörte sich der Schrankenwärter mit zitternder Stimme sagen, die er empfand, als gehörte sie nicht zu ihm. Und als er sein Gesicht in den Händen verbarg, dachte er, dass er mit dem Wort »mutig« nichts anfangen konnte …

Bolo

Molly brachte ihre beiden Kinder, Cora und Bolo, an einem schönen, lauen Frühlingstag zur Welt, als die Morgensonne gerade die Hügel und Baumwipfel hinter dem Haus erklommen hatte. Der erste Laut des neuen, frühlingsneuen Lebens drang in den stillen Morgen und vertrieb die schläfrige Ruhe, wie das Licht die trägen Schatten der Nacht vertrieb.

Zuerst konnte man die Neugeborenen kaum voneinander unterscheiden, so ähnlich waren sie sich. Erst später, als das erste leuchtende Blau der Augen sich änderte, die von Bolo sich grün und die von Cora sich mehr blaugrün färbten, war es leichter, die beiden auseinanderzuhalten.

Molly war eine wahrlich treusorgende Mutter. Sie umsorgte und pflegt ihre Kinder nahezu den ganzen Tag. Ohne dass sie jemals müde wurde, war sie immer da, wenn sie gebraucht wurde. Und stets waren die Kleinen geputzt, als gelte es, einen Wettbewerb zu gewinnen. Auch als die Kleinen begannen herumzukrabbeln, mit unbeholfenen Bewegungen die Welt um sich herum zu erkunden, war Molly immer in ihrer Nähe.

Ich war sehr häufig bei ihnen und es war schön,

das uneingeschränkte Vertrauen Mollys zu genießen. Ich durfte mit ihren beiden nahezu alles anstellen, sie herumrollen, herumschieben, sie herumtragen oder sie necken, ohne dass sie besorgt oder ängstlich gewesen wäre. Sie schaute zwar mit wachen Augen zu mir herüber, wenn ich mit den Kleinen spielte oder sie heruntrug, aber das war alles.

Die Zeit verging rasch, und als Bolo und Cora nach einer unbeschwerten Kindheit schnell heranwuchsen, sie größer wurden, ihre Selbständigkeit immer deutlicher wurde, veränderte sich auch allmählich, dann immer mehr, das Verhalten Mollys. So war sie nicht mehr nur darauf bedacht, mütterliche Pflege und Zärtlichkeit an ihre Kinder weiterzugeben, als vielmehr auch ihre Autorität unter Beweis zu stellen. Aber mehr und mehr entzogen sich Cora und Bolo der mütterlichen Fürsorge und Obhut.

Bolo war ein stattlicher Bursche geworden, der sich vom Erwachsensein fast nur noch dadurch unterschied, dass er nach wie vor zu allen möglichen Streichen aufgelegt war. Mal stand er hinter der Tür und wartete so lange, bis seine Mutter vorbeikam, um sie dann mit einem plötzlichen Losrennen zu erschrecken, mal fasste er seiner Schwester so lange in den Nacken, bis sie gewillt war, sich mit ihm zu prügeln.

Cora dagegen war schon ein wenig damenhafter, und wenn sie manchmal an mir vorbeiging, erinnerte sie mich an ihre Mutter. Auch Cora hatte neben dem federnden, elastischen Gang den etwas stolzen, herrischen Gesichtsausdruck. Cora aber war keineswegs, wie es manchmal schien, so damenhaft, dass sie nicht hin und wieder nur allzugerne auf die Raufereien ihres Bruders einging. Sie war zwar körperlich die Schwächere, doch das tat ihrer Verteidigungsbereitschaft keinen Abbruch. Im Gegenteil.

Manchmal wurde es sogar Bolo zu viel, besonders dann, wenn ihre Verteidigung in Angriff überging und ihre Augen dabei einen eigenartigen, fast bösartigen Ausdruck bekamen. Sie forderte ihn dann immer wieder aufs Neue heraus, bis sie sich schließlich so lange gegenseitig ohrfeigten, bis einer von beiden aufgab. Meistens war es Bolo, der dann, so schien es, irgendwann keine Lust mehr hatte, und häufig war er danach irgendwo draußen in der Nachbarschaft zu finden, wo er sich nicht selten mit anderen Artgenossen herumprügelte.

Die Zeit ging dahin und eines Tages bemerkte ich, dass Bolo und Cora ihrer Mutter anders als früher begegneten, dass sie ihr offensichtlich aus dem Wege gingen. Zuerst war es ein vorsichtiges Ausweichen, wenn sie sich im Haus begegneten. Es hatte fast den Anschein, als versuchten sie sich gegenseitig zu übersehen. Ich konnte mir nicht erklären, worin der Grund für diese Veränderung zu suchen war, denn mir begegneten alle drei wie früher.

Nach und nach wurde aus dem vorsichtigen Ausweichen eine offene Ablehnung Mollys, die sich dann immer mehr offenbarte, sobald sich ihre beiden längere Zeit in ihrer Nähe aufhielten. Ihre abweisende Haltung wich erst, wenn Cora und Bolo einen gewissen Abstand zu ihr hielten.

Manchmal schimpfte ich Molly aus, aber ich wusste, dass es nichts ändern würde. Und weil sie zu mir wie immer war, erstarb dann auch jeglicher Versuch meines Tadels. Außerdem fand ich, sei es ja auch ihre Sache, wie sie mit ihrem fast erwachsenen Nachwuchs umging.

Ein paar Tage später ereignete sich etwas, das mich noch sehr lange beschäftigen würde. Es war an einem jener frühherbstlichen Nachmittage, an denen die Luft wie Seide über der Landschaft lag. Es schien, als sei der Sommer noch einmal, nur verhaltener und sanfter zurückgekehrt, und aus den sengenden, harten Strahlen der Sommersonne war ein warmer, weicher Hauch geworden, der sich unter dem blassblauen

Himmel, in dem das Auge eine angenehme Ruhe fand, über der Erde ausbreitete.

Alles herum, sonst immer ein wenig unruhig, rastlos, schien an diesem Tag auch anders, viel ruhiger zu sein. Und indem die längeren Schatten dem Herbst vorauseilten, sich morgens Tautropfen diamantengleich in den Spinnweben fingen, war ein Hauch einer Wehmut zu spüren, wie sie nur dieser Zeit zu eigen war.

Molly, Cora und Bolo waren sich an diesem Tag schon mehrfach begegnet, ohne dass etwas passierte. Ich hatte bereits den Eindruck, als hätte sich die Ablehnung Mollys wieder gegeben, als sei der Frieden wiederhergestellt. Unverhofft aber, Molly stand abwartend in der offenen Tür, anscheinend unschlüssig, was sie tun sollte, sprang Bolo auf, lief auf Molly zu, den etwas dicken Kopf zu einem freundlichen Annäherungsversuch aufgerichtet, und versuchte wie früher spielerisch mit seiner Nase die Wange Mollys zu berühren.

Mollys Gesichtsausdruck aber veränderte sich jäh abwehrend, bösartig, schon als sie Bolo kommen sah. Bolo aber schien es nicht zu bemerken. Sie stand da, starr, bewegungslos. Erst als sein Gesicht das ihre berührte, veränderte sich ihre starre Haltung zu aggressiver Abwehrbewegung, die in einer Zeitspanne weniger Augenblicke kaum mit den Augen zu verfolgen waren.

Von einem lauten Aufschrei begleitet versetzte sie Bolo mehrere Ohrfeigen, die ihn fast zu Boden warfen. Danach war sie wieder starr, bewegungslos, abwartend, mit bösem Gesichtsausdruck. Bolo stand zusammengeduckt, die Augen auf Molly gerichtet, als hätte er nicht begriffen, was ihm widerfahren war. Dann begann er sich langsam und vorsichtig umzuwenden, die Augen seitlich an Molly vorbei auf den Boden gerichtet, und verließ den Raum – lautlos.

Sofort änderte sich die Haltung Mollys. Ihr Gesichtsausdruch war erneut wie sonst, und ihre Augen zeigten wieder ihren eigenwilligen, stolzen Blick, fand ich, als sie wie beiläufig, als sei nichts gewesen, zu mir herüberschaute. Ich war zunächst sprachlos, denn so heftig hatte ich Molly noch nie erlebt, und Bolo – er tat mir leid.

Mir lag schon ein heftiges Wort der Empörung auf den Lippen, als von draußen quietschende, bremsende Reifen und ein nachfolgendes Geräusch, als schlüge jemand mit einer behandschuhten Hand auf einen Pappkarton, zu hören war.

Der Schlag war nicht laut, nicht einmal unnatürlich, aber er erzeugte in mir ein plötzliches Entsetzen vor etwas, das ich vorher nie so erlebt hatte und nun von einem auf den anderen Augenblick gegenwärtig und unausweichlich war. Bolo, dachte ich, ich wusste, dass der Schlag etwas mit ihm zu tun hatte. Noch im Aufspringen flehte ich innerlich, es möge nicht wahr sein. Aber im hastigen Überwinden der wenigen Meter bis zur Straße wusste ich, dass mein Flehen nicht erhört worden war.

Bolo lag am Straßenrand, lang ausgestreckt. Sein Fell war makellos sauber. Er sah so aus, als schliefe er mit ausgestreckten Pfoten. Nur an seiner Katzennase waren zwei kleine rote Tropfen zu erkennen. Während ich versuchte, das Geschehene zu begreifen, einen heftigen, brennenden Schmerz in mir spürte, bemerkte ich Molly.

Sie stand an der Tür, blickte kurz herüber. Ihre Augen hatten wieder den etwas herrischen, stolzen Ausdruck, als sie, trotz ihres etwas rundlicheren, erneut trächtigen Körpers, mit federndem, elastischen Gang lautlos im Garten verschwand …

Ein Hauch von gestern

Langsam setzte sich der Zug in Bewegung, rollte, immer schneller werdend, vorbei an winkenden, hastenden Menschen und auf den Bahnsteigen herrschte eine unruhige Betriebsamkeit. Es wurde gewartet, verabschiedet, begrüßt, und manche standen da, als hätten sie dort immer gestanden, als gehörten sie zum Bahnhof wie die grauen Treppenstufen oder die vergilbten Kacheln in den Unterführungen zu den anderen Bahnsteigen.

Auch der Mann im grauen, etwas knitterigen Mantel, reglos, nahe an der Bahnsteigkante, sah so aus, als hätte er dort schon immer gestanden. Er fügte sich ein wie ein Mosaikstein in ein Bild, das sich ständig veränderte, und doch immer die Ähnlichkeit des vorangegangenen Bildes besaß, zugleich nie neu und nie alt war.

Reglos sah er dem entschwindenden Zug nach, und in seinen Brillengläsern spiegelten sich nur noch die Schlusslichter, die sich stetig entfernten und zuletzt nur noch als schwacher Widerschein wie ein verschwommenes Aquarell auf den Gläsern zu sehen waren. Er achtete nicht auf die ameisenhafte Unruhe um ihn herum, denn es erschien ihm gleichgültig.

Was er in diesen Momenten wahrnahm, war das Beben unter seinen Füßen, das immer schwächer wurde, je weiter entfernt die zwei roten Lichter des ausgefahrenen Zuges zu sehen waren.

Jeder Zug bringt Steine zum Beben, ging es ihm durch den Kopf, und während er auf die grauschwarze Pflasterung des Bahnsteigs heruntersah, war in ihm wieder dieses schwere Gefühl einer oft erlebten Einsamkeit, die noch stärker war als sonst und seinen Atem stolpern ließ, so, als sei nur noch wenig Kraft in ihm, und sekundenlang legte sich der schwere Gedanke, dass er abermals nicht gefahren war, wie ein bleiernes Etwas auf seinen Atem. Er spürte wie so häufig diese Traurigkeit in sich, die sich nicht abschütteln ließ, und fühlte die Schwere seiner Lider.

Langsam vom schmutziggrauen Pflaster aufblickend, als sei er gerade erwacht, wanderten seine Augen eine Weile wie suchend zwischen den dunklen Pfeilern und Verstrebungen der domartigen Bahnhofshalle hin und her, ruhten schließlich eine Zeitlang im matten Glasdach, in dem sich die Lichter und bunten Leuchtreklamen fingen, wo huschende Schatten das Leben des Bahnhofs widerspiegelten.

Im längeren Hinstarren vermeinte er im wechselnden Schattenspiel die emsigen Arbeiter zu sehen, die einst mit unzähligen Händen in schwindelnder Höhe ihre Arbeit verrichtet und die Halle zusammengefügt hatten. Und das Auf- und Abschwellen des Bahnhoflärms gaukelte ihm das laute Geknatter der Niethämmer vor, welche die Niete vieltausendfach formten und das Gestrebe kreuz und quer zu einer riesigen Kuppel verbanden.

Warum er gerade daran dachte, wie das Dach der Bahnhofshalle zustande gekommen sein mochte, wusste er nicht. Er ertappte sich dabei, es eigenartig zu finden, und fast absurd erschien ihm der Gedanke, dass dieses Glasdach vielleicht nur dazu da sein konnte, das Leben darunter seitenverkehrt widerzuspiegeln, damit sich ein jeder im Bahnhof darin wiederfinden konnte, wenn auch nur als Schatten …

Die scheppernde, durchdringende Stimme des Lautsprechers ließ die Gedankenbilder hinter der Kulisse Hin-und-her-Eilender verschwinden und der Mann verspürte die feuchte Kälte, die langsam durch die Kleidung drang. Er schlug den Kragen hoch, ließ den Kopf zwischen den nach vorn gebeugten Schultern noch tiefer als zuvor hängen, als wollte er sich verstecken, und ging langsamen, schleppenden Schrittes nahe der Bahnsteigkante dem Ausgang zu, den Blick seitwärts nach unten auf die Schienen gerichtet.

Im Bewusstsein, dass er den gleichen Weg zurück antrat wie so häufig, ließ ihn das Gefühl eines unendlichen, tiefen Bedrücktseins als angemessen empfinden und sein schon gesenkter Kopf beugte sich noch tiefer, dann spürte er die erdrückende Last eines schlechten Gewissens und des Davonlaufen-Wollens genauso wie die einschnürende Enge seines Unvermögens, seiner Kraftlosigkeit, die immer wieder von ihm Besitz ergriff, gegen die er machtlos war und die ihn daran hinderte, endlich das zu tun, was er seit langem wollte. Aber da waren die Zwänge und Verpflichtungen jenes menschlichen Zusammenlebens, die nicht nur außen auf ihn einwirkten, sondern noch mehr nach innen die Wünsche erstickten und ihn beugten.

Der Mann hielt in seinem schleppenden Gang inne, kaum dass er sich dessen bewusst war. Er starrte auf die rissigen, dunklen Schwellen neben dem Bahnsteig, und in dem Berg von Gedanken, den er vergeblich zu ordnen versuchte, fragte er sich, ob es wohl jemals einen Menschen an dieser Stelle gegeben hatte, der ähnliche Gedanken mit sich herumtrug. Nicht selten hatte er den Wunsch, einfach jemanden danach zu fragen, um die Gewissheit zu haben, nicht allein mit diesen Gedanken und einer gleichzeitigen Leere und eines unendlichen Alleinseins zu sein.

Schon oft stand er am selben Platz, obwohl er schon längst nicht mehr genau wusste, warum es immer dieser Bahnsteig war, an dem er die Zeit verwartete. Vielleicht war es auch eine dieser Gewohnheiten, die sich wie eine zweite Haut um Körper und Seele legten und sich nicht abschütteln ließen. Jedes Mal, wenn er die Wohnung unter irgendeinem Vorwand verließ mit dem Verlangen, einfach fortzugehen, um nie zurückzukehren, wusste er, dass er irgendwann den Weg zum Bahnhof gehen würde, doch je näher er ihm kam, desto klarer wurde ihm, dass er abermals nicht in der Lage sein würde, in einen der Züge zu steigen.

Wenn er dann endlich am Bahnsteig stand, manchmal nach langem, ziellosem Herumirren, nach zähen, vergrübelten Stunden, spürte er in Gedanken die fragenden Augen, die ihn immer wieder ansahen, wenn er unter den verschiedensten Gründen hinausging. Manchmal kam es ihm so vor, als wüssten diese Augen mehr, als sähen sie in seine Seele.

Er hatte nie mit ihr darüber gesprochen, in den ganzen Jahren des Zusammenlebens nicht, und hier am Bahnsteig fühlte er, dass er den Jahren nicht einfach davonfahren konnte. Doch tausendmal stellte er sich die Frage, was ihn hier zurückhielt? Und indem er die Fragen und Antworten hin- und herschob, glaubte er, dass es wohl etwas mit der Angst vor der Ungewissheit, mit einem Rest Zuneigung zu ihr und mit einer nicht erklärbaren Verantwortung zu tun hatte, wenngleich er nicht recht wusste, was er unter Verantwortung genau zu verstehen hatte. Es war so ein Gefühl, das er sich selbst nicht genau erklären konnte.

Alle tragen Verantwortung, heißt es, dachte er und starrte noch immer zwischen die Gleise. Alle tragen Verantwortung, für ihre Arbeit, für ihre Mitmenschen, für sich selbst. Aber alle tragen Verantwortung mit einer scheinbaren Gelassenheit und Leichtigkeit, die beängstigend ist, als wüsste erst recht niemand, was Verantwortung überhaupt zu bedeuten hat, dass es Verantwortung überhaupt gibt. Vielleicht hätte ich längst mit ihr darüber sprechen sollen, grübelte er weiter.

Im gleichen Gedankengang war auch wieder seine Unfähigkeit, die richtigen Worte für das zu finden, was ihn bewegte. Und da sie nie den Versuch machte, einen Weg zu ihm zu finden, schwiegen beide, und er hatte mittlerweile das Gefühl, als hätten sie nie etwas anderes getan. Doch die Bedrückung darüber war nicht kleiner geworden, und je mehr beide schwiegen, desto länger wurden seine einsamen Spaziergänge und umso stärker auch der Wunsch zu entfliehen.

Aber wenn er dann am Bahnsteig stand, einen Zug nach dem anderen abfahren ließ, hatte er häufig den sehnlichen Wunsch, sie bei sich zu haben, um ihr zu sagen, dass er sie brauchte, gerade in diesen Momenten, und so sehr er es sich auch vornahm, später, wenn er wieder nicht gefahren war und erneut zu Hause war, brachte er nichts über seine Lippen.

Meistens sah sie ihn nur vorwurfsvoll an, und ihre spröde, gekränkte Art verschloss ihm noch mehr den Mund. Manchmal berührte er in solchen Momenten ihre Wange kurz im Vorbeigehen, ein Versuch des Streichelns, und wenn er sie dabei ansah, wünschte er sich, sie möge sehen, dass es ihm unmöglich war zu sprechen. Dann bat er sie in Gedanken um Verzeihung, weil da ein Schuldgefühl war, ein Schuldgefühl ohne Schuld, das unangenehm wuchs, je mehr er ihm zu entfliehen versuchte.

Eigentlich wusste er schon seit langem nicht mehr, wann das alles einmal angefangen hatte. Von den fast fünfundzwanzig Jahren des Zusammenseins erschienen ihm die Zeiten der Freude und des Glücklichseins nahezu wie ausgelöscht. In der Zeitspanne eines Atemzuges zusammengefasst, vermeinte er noch das Lachen vergangener Tage und einen schwindenden Hauch Glückseligkeit nachzuempfinden, was ihm aber nicht die Herzenswärme gab, die er brauchte.

Ein leichtes Vibrieren unter seinen Füßen kündigte den letzten Fernzug des Abends an und ließ ihn aufblicken, und neben seiner Angst, bald wieder in ihre Augen sehen zu müssen, verspürte er eine gewisse Gleichgültigkeit darüber, dass auch der letzte Zug ohne ihn fahren würde. Er setzte sich langsam in Bewegung, als die schwere Lok mit kreischenden Bremsen an ihm vorbei den Zug zum Stehen brachte. Sekunden später war er von herausquellenden Reisenden umgeben, die sich eilig einen Weg bahnten und kaum merklich, als er sich mit der Masse auf den Ausgang zutreiben ließ, spürte er eine leichte Hand auf seinem Arm.

Noch im Weitergehen drehte er sich herum, und er

blickte in ein Augenpaar, das ihn wärmer anschaute als sonst. Und ihre leise Stimme, die er so nicht kannte, berührte ihn tief in seiner Seele.

»Ich habe mir Sorgen gemacht, solche Sorgen, bitte lass uns nach Haus gehen, es ist schon so spät«, sagte sie.

»Ja«, sagte er ebenso leise, sie dabei ruhig ansehend, als sei er nicht überrascht, sie hier zu sehen.

»Ja, es ist schon spät, sehr spät, wir wollen nach Hause gehen!« Und indem er ihre Wärme an seiner Seite spürte, zerknüllte seine Hand die Fahrkarte in seiner Manteltasche …

Das Brett

Das Unwetter hatte seinen Höhepunkt noch nicht erreicht, als heftige Windböen das Rigg mit dem Mastfuß aus der Halterung des Brettes herausriss und den Surfer, geklammert am Gabelbaum, in der Zeitspanne eines Augenblicks mit nach oben zog und dann vornüber mit dem Kopf auf die Kante des Brettes, dann in das aufgewühlte Wasser stürzen ließ. Kurzzeitig, bevor das Wasser über ihm zusammenschlug, wurde ihm schwarz vor den Augen. Momente danach brachte ihn die Kälte des Wassers wieder zu sich und instinktiv riss er die Arme nach oben.

Er brauchte lange, um sich in der schäumenden See wieder an der Oberfläche zu halten. Sein Fuß hatte sich in der Leine der Startschot verfangen und Wellenberge zwischen ihm und dem umgeschlagenen, schwertoben treibenden Brett warfen ihn hin und her. Er fühlte, während er Mühe hatte, den Kopf über Wasser zu halten, dass seine Kraft zusehends aus ihm wich, dass er dem seit Stunden andauernden Kampf gegen den immer stärker werdenden Wind und gegen das Abtreiben von der Küste nicht mehr gewachsen war. Wie oft er, kaum dass er auf dem

Brett stehen konnte, mit dem Segel ins Wasser gerissen wurde, hatte er nicht mehr gezählt.

»Ich hätte nicht rausfahren dürfen«, schrie es in ihm, »niemals!« Die Wetterwarnungen an diesem frühherbstlichen Tag waren eindeutig gewesen. Starken Wind bis Sturm hatten sie angekündigt. Und das Brett war für starke Winde ungeeignet. Zu schwer, zu lang, zu groß das Segel, das er mit der Startschot unzählige Male aufzurichten und in den Wind zu stellen versuchte. Aus der anfänglich idealen Brise war der angekündigte, nicht mehr zu beherrschende Sturm mit heftigen Böen aus wechselnden Richtungen geworden.

»Was wollte ich mir damit beweisen, was, was …«, schrie er gegen das pfeifende Geräusch des Windes und das Klatschen des Wassers an.

Der Fischer an der Mole hatte ihn noch gewarnt. »Geh besser nicht raus, es kommt Sturm auf!«

Eine erneute große Welle, die über seinen Kopf schwappte, riss ihm jedes weitere Wort von den Lippen, trieb das umgeschlagene, schwankende Brett weiter von ihm weg, drückte ihn tiefer unter Wasser. Endlich waren seine Füße frei und er brauchte eine Weile, bis er auftauchte, das Brett zwischen dem Auf und Ab der Wellen erreichte und sich erschöpft an ihm festhielt und das salzige Wasser erbrach, das er wiederholt geschluckt hatte. Er empfand es wie eine Ewigkeit, bis er das Brett nach etlichen Versuchen wieder herumgedreht und ausgestreckt darauf Halt gefunden hatte, ohne dass ihn die Wellen erneut herunterspülten.

Eine Zeitlang lag er kraftlos, bäuchlings, den Kopf seitlich abgelegt auf der nassen blanken Oberfläche, froh, der Tiefe für diesen Moment entronnen zu sein. Fast gleichgültig nahm er in seiner Erschöpfung den schmalen Küstenstreifen am Horizont wahr, der hinter einer grauen Regenwand und einsetzender Dämmerung in der Ferne verschwand.

Nun verlor er jeden Anhaltspunkt, an dem er seine Augen festmachen konnte. Lediglich das mittlerweile weitab im Wasser treibende Segel, das zwischen den Intervallen der Wellenberge wie ein Farbfleck auf- und abtauchte, geriet in seinen Blick, und dann durchfuhr es ihn mit siedendheißem Erschrecken.

»Das Segel, mein Gott, das Segel!«, schrie es in ihm und unbewusst schrie er es gegen den Wind, und es ließ ihn die Erschöpfung, die ihn eine Zeitlang nahezu bewegungslos auf das Brett presste, vergessen und gab ihm neue Kraft, das schwankende Brett mit den Händen in die Richtung des tanzenden Farbfleckes zu rudern. Zunächst schien es, als entfernte sich, je mehr er ruderte, das treibende Segel in die andere Richtung, bis er es, so empfand er, nach unendlich langer Zeit endlich zu fassen bekam und es nun nach dem Heranrudern seitlich des Brettes im Wasser trieb.

Ich muss es bergen, dachte er, wenn der Wind nachlässt, kann ich es aufrichten, sonst komme ich nicht wieder zurück, zurück. Mühsam zog er stückweise liegend mit einer Hand das Rigg quer über das schwankende Brett, die andere Hand klammerte sich um den Rand des Boards, verhinderte, dass er heruntergerissen wurde.

Endlich bekam er die Leine des Trimmschots am Gabelbaum zu fassen und versuchte mit einer Hand und gefühllosen, klammen Fingern die Leine zu lösen, um das Segel zu entspannen, was ihm nach langen Minuten gelang. Dann schlappte das Segel teils über dem Brett liegend und seitwärts schlaff im Wasser, hin und her geschaukelt von den Wellen.

Nach vielen Versuchen ließ sich auch die Halterung des Gabelbaums am Mast öffnen, die er zusätzlich zur Sicherheit mit einer weiteren Leine verzurrt hatte, die ihn, da er sie kaum lösen konnte, fast verzweifeln ließ. Alles doppelt und dreifach, dachte er in seiner Verzweifelung, die ganzen zusätzlichen Leinen, jetzt nutzlos und überflüssig.

Nach vielen weiteren Versuchen gelang es ihm, das Rigg längsseits des Brettes zu ziehen und das Segel Stück für Stück und so gut es ging um den Mast zu rollen. Mit unendlicher Anstrengung zog er dann, weiterhin liegend, mit einer Hand den Mast mit dem Segel und den Gabelbaum längs auf das Brett, legte sich, damit es nicht wieder heruntergespült werden konnte, in ganzer Länge darauf und ergab sich dann reglos seiner Erschöpfung hin, in der er dahindämmerte.

Wie lange er so dahintrieb, hin und her geworfen wurde, und in welche Richtung es ging, wusste er nicht. Manchmal kam es ihm so vor, als drehe sich das Brett um die eigene Achse, und je stärker ihn die inzwischen einsetzende Dunkelheit umgab, desto weniger konnte er sich vorstellen, wo er sich befand, und umso mehr hatte er die endgültige Gewissheit, dass er den Wellen hilflos ausgeliefert war.

Und während er immer noch kraftlos dalag, überkam ihn zwischenzeitlich ein Gefühl, als tauche er kopfüber ein, um dann wie nach dem Umlauf eines riesigen Wasserrades wieder aufzutauchen.

Dann hörte er erneut das klatschende Wasser, das zwischen seinem Körper mit dem darunterliegenden Segel und dem Brett hindurchschwappte, und fühlte die Wellen, die das Brett anhoben und durchschüttelten. Seine aufgeweichten, fast gefühllosen Hände umklammerten noch immer den Rand des Brettes, und jeder Gedanke, es loszulassen und dabei vielleicht heruntergespült zu werden, verursachten wachsende Angst in ihm. Auch die Vorstellung, seine Hände seitwärts einzutauchen, irgendwie zu rudern, ließen immer mehr Abneigung, fast Entsetzen vor der bedrohlichen Düsternis des Wassers in ihm hochkommen.

Seine schwankende Unterlage war ein unsicherer Halt, an den er sich verzweifelt klammerte, und je länger die Wellen ihn hin und her warfen, sich die Kälte unter seinem Schutzanzug in ihn hineinfraß, desto größer wurde der Schauder, sich mit den Händen vorwärtsbringen zu müssen.

Es war ein beklemmendes, angsteinflößendes Gefühl, das er vorher nicht gekannt hatte. Denn weder Dunkelheit noch unbekannte Gewässer hatten ihm je zuvor etwas ausgemacht. Er hatte sich vorher auch nie vor dem Ertrinken gefürchtet.

Aber nun war plötzlich alles anders. Da war mit einem Mal die Angst vor der dunklen, unbekannten Tiefe unter der Wasseroberfläche und vor dem drohenden Nichts in der Dunkelheit, einer Schwärze, die nicht greifbar war, die unter ihm und um ihn herum war. Und dennoch konnte er seine Angst nicht begreifen, sie erschien ihm fast fremd, denn eigentlich hatte er sich immer erst auf dem Wasser, weitab vom Festland richtig wohlgefühlt.

Wie oft hatte er sich vom Wind hinaustragen lassen, um irgendwo ein paar Kilometer entfernt vom Ufer sich einfach treiben zu lassen. Nie hatte er etwas anderes als Vergnügen dabei empfunden, wenn er Arme und Beine im Wasser baumeln lassen konnte und sich dann dem Schaukeln des Surfbrettes hinzugeben.

Es war immer wie eine innere Befreiung gewesen, die halbgeschlossenen Augen zwischen den glitzernden Sonnenreflexen auf dem Wasser hin- und herwandern zu lassen, ohne dass sich ein Hindernis bis zum Horizont vor ihnen auftat. Dazu kam das Glucksen und Plätschern der Wellen, das ihm einen sonst nie erreichten Zustand tiefer Entspannung offenbarte, in dem er manche brennende Probleme, die ihn beschäftigten, häufig beiläufig, wie von selbst in Gedanken löste. Nie war auch ein Gedanke daran verschwendet, dem Meer einmal hilflos ausgeliefert zu sein.

Und jetzt war alles anders. Die Vorstellung, immer weiter auf das offene Meer hinauszutreiben und schließlich in der Endlosigkeit des Wassers unauffindbar und unwiderruflich zu verschwinden, bereiteten ihm panische Angst. Dazu kam die vorher nie empfundene Beklemmung in der Dunkelheit, die ihn längst einschloss, in der, so sehr er sich anstrengte, jede Orientierung unmöglich war. Nur am Schwanken des Brettes und der Heftigkeit des Windes und der Gischt spürte er, dass das Brett einmal seitlich, dann wieder von vorn oder hinten von den Wellen erfasst wurde, die es irgendwohin trieben.

Je länger er so dalag, desto elender und schwächer fühlte er sich, ohne genau unterscheiden zu können, ob es nur körperliche Schwäche wegen der erlebten Strapazen war oder auch die Angst, die ihm die Kraft raubte. Dann begann er, mal die eine und dann die andere Hand durch Bewegen der Finger zu erwärmen. Die Gelenke waren inzwischen so starr geworden, dass ihm jede Bewegung große Mühe bereitete.

Zeitweilig gelang es ihm, einen Arm unter das Kinn zu schieben, um so sein Gesicht vor den überschwappenden Wellen ein wenig zu schützen. Trotzdem waren Mund und Nase regelmäßig dem Wasser ausgesetzt.

Das salzige Wasser ständig im Mund und auf den Lippen ließen seinen Durst stärker werden und nur der Regen brachte ein paar Tropfen auf seine Lippen.

Krampfhaft versuchte er, nicht an Trinken zu denken, aber je mehr er sich dagegen wehrte, desto stärker wurde sein Durstgefühl. Auch das Geräusch der Wellen, das durch das Abflauen des Sturmes zu einem unablässigen Rauschen des Windes und Plätschern abgeebbt war, gaukelten ihm Bilder eines frischen Gebirgsbachs mit kristallklarem Wasser vor.

Sogar die schmerzenden Stellen des Körpers, die er sich bei den vielen vorausgegangenen Stürzen zugezogen hatte, nahm er unter dem Gefühl des Durstes kaum noch wahr.

Er dachte an die Erzählungen, die er als Junge gelesen hatte, in denen Schiffbrüchige tagelang ohne zu trinken auf einer Planke irgendwann auf eine Insel mit herrlicher Trinkwasserquelle gespült wurden. Hätte er noch gestern an solche Geschichten gedacht, er hätte diese Leute, die tagelang ohne Wasser auskamen, ohne Zweifel bewundert. Nun aber erschienen ihm diese Geschichten wie ein Hohn, und in Gedanken schrie er es hinaus, dass es kein Mensch ohne Wasser längere Zeit aushalten könne. Schon bald würden Sonne und Salz den Körper auf dem Meer ausdörren, und im langsamen Irrewerden, wahrscheinlich schon nach zwei Tagen, würde jeder sogar das Salzwasser in sich hineinschlucken und … das wäre das Ende.

Ein paarmal drückte er vor Verzweifelung mit kraftloser Faust auf das Brett unter sich, und er spürte noch mehr als die salzigen Lippen und den Durst einen Schmerz des Ellenbogens, mit dem er bei den Stürzen irgendwo auf dem Brett aufgeschlagen war. Im Moment des Schmerzes vergaß er sogar für Sekunden den Durst. Nach der neuerlebten Erkenntnis, dass man nicht zwei Dinge gleichzeitig intensiv erleben kann, versuchte er sich auf den Schmerz im Ellenbogen zu konzentrieren, um damit das Durstgefühl zu verdrängen.

Er begann nun mit der Hand auf das Brett zu schlagen, konzentrierte sich nur darauf. Nach einer Weile wurde das Auf und Nieder des Armes langsamer, zuletzt bewegte er ihn nur noch bei dem Wellenschlag, der das Brett in unregelmäßigen Abständen alle paar Sekunden kräftiger anhob. Irgendwann konnte er den Arm nicht mehr hochbringen, fühlte die Sinnlosigkeit seines Tuns, und sofort dachte er wieder an seinen Durst. Aber er hatte keine Kraft mehr, sich dagegen aufzulehnen. Je länger er so dalag, kraft- und willenlos, nahm eine wachsende Apathie von ihm Besitz, die ihn seinen Zustand als beinahe schwerelos empfinden ließ.

Er spürte nicht einmal mehr die Druckstellen, die

die Gegenstände unter seinem Körper verursachten. Er fühlte sich fast so, als schwebte er einige Meter über dem Wasser und betrachtete sich selbst als unbeteiligter Zuschauer, etwa so, als sei er aus sich herausgeschlüpft.

In diesem Zustand, in dem Zeit und Raum keine Bedeutung mehr zu haben schienen, erlebte er nun sogar Schmerz, Durst und Angst aus einer nicht erklärbaren Distanz. Zeitweilig wusste er aber weder, was er tat, was er dachte noch warum er etwas dachte, und die Übergänge zwischen Fantasien und dem, was wirklich geschah, verschwammen in Gedanken zu einem untrennbaren Durcheinander.

Als er sich wieder konkreter wahrnahm, glaubte er geschlafen zu haben und die Gleichgültigkeit war von ihm gewichen, aber er nahm Durst, Schmerz, Kälte und Angst anders hin als zuvor und versuchte sich vorzustellen, wo er sich befand, in welche Richtung das Brett getrieben worden war.

Ich muss zurück, zurück, der Gedanke ließ ihn nicht mehr los, zurück, aber in welche Richtung? Kein Licht, kein Stern, nichts außer einer undurchlässigen Schwärze der Nacht und ein unablässiger auf- und abschwellender Wind, der ihn vor sich hertrieb, hin und her warf.

Dann tauchte er plötzlich die Arme in die nasse Schwärze des Wassers ein. Ich muss rudern, rudern, der Gedanke beherrschte ihn, obwohl er sich zwingen musste, die Hände nicht gleich wieder aus dem Wasser zu nehmen. Er überwand sich, die Arme ein paar Atemzüge bewegungslos im Wasser zu lassen, und zog sie danach mit einer zögernden Bewegung nach hinten. Die nächsten Züge machte er in immer schnelleren Bewegungen hintereinander, bis die Abneigung gegen das Wasser und die Kälte, die er jetzt wieder deutlicher spürte, nachließ. Erst dann begann er in gleichmäßigen Bewegungen und ebensolchem Tempo zu rudern. Bei jeder größeren Welle, die das Brett in gewissen Abständen höher anhob, tauchte er die Arme tiefer ein.

Dabei zählte er laut in die Dunkelheit hinein, die Sekunden zwischen jedem Eintauchen und jeder größeren Welle: »Einundzwanzig – zweiundzwanzig – dreiundzwanzig – vierundzwanzig – jetzt!«

Indem er das ›Jetzt‹ noch lauter sprach als das Zählen, er wusste nicht warum, schloss er jedes Mal die Augen. Er ruderte und zählte, ruderte und zählte: »Einundzwanzig – zweiundzwanzig – dreiundzwanzig – vierundzwanzig – jetzt!«

Er hatte fast so etwas wie Gefallen daran gefunden, im Takt der Wellen zu rudern und das Brett voranzutreiben, denn er spürte nun weniger seinen Durst und den schmerzenden Körper. In gewissen Abständen kam es ihm vor, als käme die größere Welle etwas verspätet, unrhythmisch, dann zählte er noch eine halbe Zeitspanne hinzu: »Einundzwanzig – zweiundzwanzig – dreiundzwanzig – vierundzwanzig – fünfund – jetzt!« Dann erst tauchte er die Arme wieder ein. Ab und zu änderte er die Zahlenfolge, um nicht unter der Eintönigkeit der stets selben Zahlen zu ermüden, er zählte dann: »Einundvierzig – zweiundvierzig – dreiundvierzig – vierundvierzig – jetzt!«

Allmählich spürte er die Schwere seiner Arme und begann sich vorzustellen, wie viel Meter er zwischen jedem Eintauchen der Arme und dem Zählen zurücklegte. Er meinte, dass es mindestens drei Meter sein müssten, die er das Brett mit jedem Schwung vorwärtstrieb. Dann beherrschte ihn abermals die Befürchtung, dass er statt Richtung Land weiter auf das Meer hinausruderte. Trotzdem trieb er das Brett weiter vorwärts. »Einundzwanzig – zweiundzwanzig – dreiundzwanzig – vierundzwanzig – jetzt!«
Nach Osten, dachte er, ich will an Land, nach Osten! »Einundzwanzig – zweiundzwanzig – dreiundzwanzig – vierundzwanzig – Osten!«, schrie er hinaus, obwohl er nicht wusste, in welche Richtung er wirklich

ruderte. Er wusste nur, dass solche Wetter meistens von Westen oder Südwesten kamen, aber am Vormittag war ablandiger Wind gewesen, dann würde er jetzt in die falsche Richtung rudern. Er klammerte sich an die Hoffnung, dass der Wind im Laufe des Unwetters gedreht hatte, und begann die Meter zusammenzuzählen, die er glaubte zurückzulegen.

In seiner Vorstellung glitt das Brett immer schneller durch die Dunkelheit, und er zählte: »Einundzwanzig – drei Meter – zweiundzwanzig – sechs Meter – dreiundzwanzig – neun Meter – vierundzwanzig – zwölf Meter!« Irgendwann brachte er die Zahlen durcheinander, wusste nicht mehr, wie oft er sich verzählt hatte, wie viel Meter es sein mochten, die er das Brett vorwärtsbewegt hatte. Da war auch kein Gefühl, wie viel Zeit vergangen war, seitdem er mit dem Rudern begonnen hatte, denn mittlerweile hatte er das Zeitgefühl wieder völlig verloren. In seiner Vorstellung mussten es mindestens einige Kilometer sein, die das Brett vorwärtsgekommen war.

Erschöpft zog er die Arme aus dem Wasser, fühlte das heftige Klopfen des Pulses, den er überall am Körper zu spüren glaubte, hörte überdeutlich, fast schmerzhaft das auf- und abschwellende Geräusch der Wellen, und in dem mal lauteren, mal leiseren Rauschen hörte er seine eigene Stimme, als gehörte sie nicht zu ihm. Er hörte sich mal lauter, mal leiser die Zahlen dahersagen, aber er konnte nicht mehr unterscheiden, ob es wirklich seine Stimme war oder ob er sich nur einbildete, sie zu hören. Und das Zählen erschien ihm unrhythmisch wie das Schaukeln des Brettes.

Kraftlos ließ er den Kopf, den er mit immer wieder mit Mühe gehoben hatte, auf das Brett sinken und fühlte das Wasser auf seinem Gesicht. Aber es erschien ihm ohne jeden Geschmack, auch nicht mehr salzig, auch nicht kalt, und sein Durstgefühl war wie ausgelöscht, als sei es nie dagewesen. Da war auch keine Kälte mehr, nur ein Pochen im Kopf, das immer stärker anschwoll zu einem grollenden Dröhnen, ihn einhüllte, ihn in sich aufsaugte.

Er versuchte sich aufzurichten, sah es bildhaft vor sich, wie er den Oberkörper vom Brett anhob, aber in Wirklichkeit blieb er wie gelähmt, unfähig zu einer Bewegung, liegen, und bevor es ihn in seinem Innern schwarz einhüllte, hatte er noch das plötzliche Gefühl einer Übelkeit, und noch im Hinübergleiten zwischen Traum und Bewusstlosigkeit nahm er den haushohen Schatten eines riesigen Steines wahr, der auf ihn zurollte und ihn unter sich begrub, so als erstickte ihn ein großer dunkler Watteball.

Als er zu sich kam, konnte er sich nicht erinnern, was geschehen war. Auch nachdem er seine Augen geöffnet hatte, nahm er alles wahr, aber es erschien ihm alles unwirklich. Auch dass er sich noch immer auf dem Surfbrett befand, das Wasser sein Gesicht umspülte, vermochte nicht, ihn das Geschehene begreifen zu lassen.

Das Brett schaukelte im Takt der Wellen hin und her, und Astwerk eines ins Wasser gestürzten Baumes, unweit des Ufers, in dem sich die Leine des Segels verfangen hatte, bremste das Brett zu einem unrhythmischen Schaukeln. Einundzwanzig – zweiundzwanzig – dreiundzwanzig – vierundzwanzig …, und die nächste Welle hob das Brett ein wenig höher …

Ein wirklich schöner Tag

Schon eine ganze Weile schaute er durch das Fernglas und hatte die kaum erkennbare Bewegung am Rande der Wiese, wo die Schatten zwischen den Bäumen und Büschen immer tiefer wurden, wahrgenommen. Über der waldumsäumten Grasfläche mit bunten Tupfern blühender Kräuter lag noch die Wärme des Frühlingstages, aber in der aufkommenden Dämmerung benetzten bereits winzige Tautropfen die Grashalme.

Er stand schon eine Weile fast reglos auf dem schmalen, buschbestandenen Weg, der die Wiese vom Wald trennte. Durch das Glas konnte er gut sehen, dass sich vorsichtig ein Reh aus dem Schutz der Bäume löste. Immer wieder blieb es stehen, äugte, die Lauscher aufgerichtet. Kaum ein Laut war zu hören. Nur das melodische Flöten einer Drossel durchdrang die Stille. Als das Reh bereits an den Grashalmen zupfte, wagten sich zwei weitere, eines davon schwarz, und ein Kitz aus dem Wald hervor.

Fast wie vor einem Jahr, dachte der Mann, und die Erinnerung an damals drängte sich auf, schob gedankliche Bilder zwischen ihn und die Okulare des

Fernglases, das er die ganze Zeit nicht herunternahm. Damals waren die Rehe, es waren fünf, fast bis zur Mitte der Wiese gekommen, kaum mehr als drei Dutzend Schritte entfernt. Kein Laut, nur Stille hatte über dem Wald gelegen, als dann ihre Worte tief in sein Innerstes gedrungen waren.

»Ich werde dich verlassen«, hatte sie gesagt, einfach so, ohne Ankündigung, ohne die Stimme zu erheben, leise, beinahe gleichgültig, als hätte sie die Uhrzeit dahergesagt. Er hatte vorher nie einen Grund gehabt, darüber nachzudenken, ob man diese Worte so aussprechen könne.

Und während seine Augen noch für Momente die friedliche Idylle festhielten, als hätte er nicht begriffen, was ihre Worte bedeuteten, offenbarte sich in seinem Innern schon die schmerzende Gewissheit über die Unwiderruflichkeit ihrer Worte und die Unwiederbringlichkeit einer Zweisamkeit, die schon längst nicht mehr da war, vielleicht nie richtig bestanden hatte. Wuchtig und schwer hatte sich dann ihre Entscheidung auf ihn gelegt, hatte alle anderen Empfindungen zum Schweigen gebracht, außer einer, die ihn von nun an Tag und Nacht erinnerte, ihn nicht mehr in Ruhe gelassen und beinahe zerstört hatte. Erst viel später, nach einer Zeit der Uferlosigkeit, in der er nur Schwärze und Schmerz gefühlt hatte, begann er wieder andere Dinge um sich herum wahrzunehmen.

Seit dieser Zeit hatte er diesen Platz gemieden, zu stark war die Erinnerung an die Vergangenheit gewesen. Nun aber war es so, dass sie ihn weniger berührte. Es schien, als hätte sich zeitweise eine schützende, unsichtbare Wand zwischen ihn und seine schmerzhafte Erinnerungen geschoben. Und als er vorhin den Waldweg benutzte, den er so oft mit ihr gegangen war, spürte er zum ersten Mal die Andeutung eines Glücksgefühls in sich, und er fühlte es wie eine unverhoffte Befreiung. Ohne dass er darüber nachdachte, murmelte er leise vor sich hin: »Ein schöner Tag, es ist ein wirklich schöner Tag heute!«

Und er sagte es erneut leise vor sich hin, während er nach wie vor das Fernglas vor den Augen hielt und die Bilder der Erinnerung allmählich der Wirklichkeit wichen, und er nahm wieder die Rehe wahr, die weiter die Wiese hinaufgekommen waren, kaum noch einen Steinwurf entfernt. Es war wie ein plötzliches Erwachen, in dem der Traum neben der Wirklichkeit noch greifbar ist. Im ersten Augenblick wusste er nicht, was ihn in seinen Gedanken unterbrochen hatte, und noch schwankte er zwischen den Bildern der Erinnerung und der Wirklichkeit hin und her. Dann aber glaubte er etwas zu spüren, was vorher nicht da war. Nach ein paar Sekunden dachte er, dass es vielleicht eine Einbildung sein mochte, der er unterlag, aber nach weiteren Augenblicken blieb ein unangenehmes Gefühl, unerklärlich, nicht greifbar und doch bedrückend.

Langsam und vorsichtig nahm er die Arme mit dem Fernglas herunter. Er wagte kaum zu atmen, weil es ihm plötzlich so furchtbar laut erschien. Auch das Rascheln seiner Kleidung und das leise Rauschen in seinen Ohren vernahm er nun überdeutlich. Es ist nichts – gar nichts, dachte er, aber schon während seines Gedankens sah er die winzige Bewegung eines Zweiges, vielleicht ein Dutzend Schritte voraus zu seiner Rechten.

Das aus den Augenwinkeln Wahrgenommene zog seine Blicke magisch an, während er den Kopf wendete, und unverhofft, begleitet von einem jähen Erschrecken, sah er, dass ihm ein Augenpaar entgegenstarrte, wie er es selten gesehen hatte. Unter dunklen, mächtigen Augenbrauen schleuderte sich ihm ein ebenso dunkler Blick entgegen, der ihn im tiefsten Innern zusammenfahren ließ. Äußerlich und innerlich erstarrt, mit halboffenem Mund, spürte er, wie sein Herzschlag ganz oben im Hals schlug. Der andere stand genauso bewegungslos, mit starrem Gesicht, fast verdeckt hinter Buschwerk und Baum.

Ein paar Atemzüge lang geschah nichts. Der Mann mit dem Glas, welches die Hände krampfhaft pressten, als wollten sie es zerdrücken, und der andere, immer noch reglos, wie versteinert.

»Sie … sind schon früh draußen, … die Rehe«, sagte er dann, die Hände noch immer krampfhaft um das Glas gelegt, und er spürte die Unsicherheit in seiner Stimme, während er langsam ein paar Schritte, den Blick auf die Gestalt hinter dem Baum gerichtet, zuging.

Er konnte es sich nicht erklären, warum er es tat, genauso hätte er in die andere Richtung gehen können, und er wusste auch nicht, warum er ausgerechnet das mit den Rehen sagte. Er weiß, dass die Rehe früh draußen sind, also warum sage ich es, ging es ihm durch den Kopf, während er langsam weiterging. Als er auf gleicher Höhe mit dem anderen war, konnte er sein Gegenüber gut erkennen, der, als er ihn kommen sah, etwas unter seinem dunklen Mantel zu verbergen suchte.

Das Gesicht der Gestalt hinter dem Baum wirkte noch immer wie versteinert, aber unter dem dunklen Haar, das in seiner Stirn hing, und unter den dunklen Augenbrauen bewegten sich nun unruhige Augen.

»Ja …«, sagte der andere plötzlich, zögernd, etwas gepresst und kaum verständlich, »… sie sind früh draußen heute«, und erneut versuchten seine Hände den verrutschenden Mantel zusammenzuhalten.

Auf der anderen Seite der Wiese, im angrenzenden Wald hörte man das sich schnell entfernende Knacken und Rascheln des Unterholzes. Die Rehe …, dachte der Mann mit dem Glas, und ohne weiter darüber nachzudenken, ging er weiter, den Blick noch immer auf das Gesicht des anderen gerichtet. Dann sagte er, weil ihm nichts Besseres einfiel, wie er sich verhalten sollte, und um seine Unsicherheit und Verlegenheit zu verstecken: »Ein schöner Tag heute …!«

Der andere antwortete nicht, bewegte sich nicht. Erst als er einige Schritte an ihm vorbei war, hörte er raschelnde Zweige und hastige, dumpfe, auf dem Waldboden sich schnell entfernende Schritte.

Erst jetzt wandte er sich um, er hielt das Fernglas noch immer krampfhaft, als könne es ihm Halt geben, und sah, wie sich die dunkelhaarige Gestalt aus dem Gebüsch fast rennend in der entgegengesetzten Richtung entfernte.

Der nun wehende Mantel, nicht mehr zusammengehalten, ließ, als sich der Flüchtende hastig noch einmal umdrehte, für Momente den rötlichbraunen Schaft und den Lauf eines Gewehres erkennen, das zuvor unter dem dunklen Mantel verborgen war ...

Nur ein Schluck Wasser

Schon eine ganze Weile stand Peter im gelblichen Licht der Flurbeleuchtung und blickte, gelehnt an den Türrahmen der offenen Haustür, in das gelbliche Rechteck mit seiner Silhouette und in die samtschwarze Dunkelheit ringsherum hinaus, die nach Kartoffelfeuer und trockener Erde roch. Grelles Scheinwerferlicht erhellte ab und zu die Umgebung und die Straße, die einige Schritte entfernt am Haus vorbeiführte.

Geblendet schloss er jedes Mal die Augen, wenn ein Auto vorbeifuhr, und es dauerte eine Weile, bevor er wieder etwas in der Umgebung wahrnehmen konnte. Er achtete mit geschlossenen Augen auf das sich schnell entfernende Motorgeräusch, das nach der langgezogenen Kurve schnell verebbte. Nachdem er die Augen wieder geöffnet hatte, bemerkte er im Lichtschein der Tür eine graue, hagere Gestalt, die auf ihn zukam. Fast gleichzeitig, als er sie erblickte, hörte er eine Stimme, die den Eindruck machte, als formte sie die Worte unter großer Anstrengung.

»Ich bitte um Entschuldigung, aber könnte ich wohl einen Schluck Wasser bekommen, nur einen Schluck Wasser!«

Ein älterer Mann blieb schweratmend vor den ausgetretenen, steinernen Steinstufen stehen, dabei zu dem Jungen hochblickend, als fiele es ihm schwer. Die Stimme kam aus einem Mund mit müde heruntergezogenen Mundwinkeln, die zu dem grauen, eingefallenen Gesicht passten.

Überrascht und unsicher schaute der Junge abwechselnd auf die glanzlosen, dunklen Augen des Mannes, der mit hängenden Schultern vor ihm stand, und dann in die Richtung, aus der er gekommen war. Am Straßenrand erkannte er schemenhaft einen Gegenstand.

»Mein Koffer«, sagte der Mann leise, als er den Blick bemerkte. »Bin schon den ganzen Tag gelaufen, den ganzen Tag!«

Peter musste ein paarmal schlucken, denn er spürte Mitleid, das in ihm hochstieg, und wandte sich zur Wohnungstür, die sich in diesem Moment öffnete. Die Frau in der geblümten Kittelschürze blickte fragend erst zu ihm, dann zu dem Mann, der noch immer an der Stelle vor den Steinstufen stand.

»Da ist jemand«, sagte Peter leise und ging zwei Schritte auf sie zu. »Er hat Durst und ist schon so lange gelaufen!«

Fast flüsterte er die letzten Worte und inständig hoffte er, dass sein Mitgefühl zu sehen war. Der Blick seiner Mutter ging mehrfach hin und her und blieb schließlich auf der grauen Gestalt stehen, die mit gebeugten Schultern und gesenktem Blick im Lichtschein stand.

»Kommen Sie doch herein«, sagte die Hausfrau dann in ihrer herzlichen, aber etwas derben Art und ging einen Schritt auf den Mann zu.

»Danke«, kam es kaum hörbar aus dem grauen Gesicht, und er setzte sich, ein Bein etwas nachziehend, schlurfend in Bewegung.

»Danke«, sagte er noch einmal, als ihm in der Küche angedeutet wurde, sich auf das abgeschabte Sofa zu setzen. Während er sich unbeholfen niederließ, stießen seine Füße in den ausgetretenen, schwarzen Schuhen mit den schiefen Absätzen mehrmals gegen die Tischbeine.

Dann saß er regungslos und starrte auf die Tischplatte. Erst als ein Brettchen mit einer Scheibe Schmalzbrot und eine Tasse Kakao vor ihn hingeschoben wurde, regte er sich, und seine zusammengesunkenen Schultern strafften sich und seine Augen öffneten sich zu einem fast ungläubigen Ausdruck.

»Danke«, kam es dann wieder, fast tonlos aus seinem Mund, und seine dünnen Arme mit den knochigen Händen, in abgeschabten, ausgebeulten Ärmeln eines ehemals schwarzen Anzuges ergriffen hastig die Scheibe Brot. Es sah so aus, als hätte er Angst, es könne ihm jemand zuvorkommen. Während er kaute, stachen seine Wangenknochen noch mehr aus seinem mageren Gesicht hervor. Zwischendurch hielt er im Kauen inne und trank in kleinen Schlucken den heißen Kakao. Er schloss dabei jedes Mal für einen kurzen Moment seine Augen. Es sah so aus, als hätte er in diesen Sekunden alles um sich herum vergessen, denn er achtete weder auf die hantierende Frau am Herd noch auf den Jungen, der ihm gegenübersaß und jede Bewegung verfolgte.

Als er gegessen und getrunken hatte, sank er in sich zusammen und starrte wieder auf die Tischplatte. Nur seine leblose, graue Gesichtshaut, die vorher so aussah, als hätte sie lange Zeit keine Sonne gesehen, hatte sich ein wenig gerötet.

Peter hatte noch immer Mitleid, und er hätte gerne gewusst, woher der Mann kam, aber er traute sich nicht, ihn zu fragen.

Ein paar Minuten vergingen, ohne dass jemand etwas sagte. Nur manchmal war ein leises, pfeifendes Geräusch aus der mageren Brust des Mannes zu vernehmen und seine spitzen Schultern hoben und senkten sich dabei in stoßweisen Atemzügen.

»Möchten Sie vielleicht eine Zigarette?«, fragte Peter plötzlich und streckte dem Mann seine Hand entgegen, mit der er zögernd eine zerknitterte Schachtel aus seiner Hosentasche geholt hatte. »Ich hab sie gefunden, im Zelt nach dem Schützenfest vor ein paar Tagen. Hab sie mitgenommen«, fügte er leise hinzu und machte eine entsprechende Handbewegung.

»Aber, aber«, seine Mutter darauf etwas vorwurfsvoll, »das macht man doch nicht, du rauchst doch nicht etwa?«

Peter schüttelte den Kopf. »Nö, hab mal probiert, aber schmeckt nicht!«

Der Mann hob den Kopf, blickte ungläubig in das Gesicht des Jungen und dann auf die Hand mit der zerdrückten Schachtel, und erneut leuchteten seine Augen für einen kurzen Moment auf. »Ja, ja, natürlich, vielen Dank, danke«, murmelte der Mann, diesmal etwas lauter und seine Finger kamen fast klauenartig über den Tisch.

Vor der Hand Peters blieben die verarbeiteten, grobknochigen Finger des Mannes etwas zitterig stehen, um dann vorsichtig mit Daumen und Zeigefinger die dargebotene Zigarette aus der Schachtel entgegenzunehmen, während seine andere Hand bereits erfolglos in der Anzugtasche nach Streichhölzern suchte. Seine Augen wanderten dabei in der Küche hin und her, als könnten sie irgendwo Streichhölzer entdecken. Dann blickte er gebannt auf die

Schachtel, die ihm die Hausfrau entgegenhielt.

»Hier, nehmen Sie, ein paar sind noch drin!«

Oh, ja, danke, danke!«, murmelte er zwischen den Lippen durch, die dabei die Zigarette von einem zum anderen Mundwinkel balancierten. Seine Hände zitterten, als er endlich ein Streichholz aus der Schachtel genestelt hatte und die Zigarette anzündete. Er paffte schnell ein paar Züge hintereinander, zog dann den Rauch tief ein und lehnte sich anschließend mit geschlossenen Augen zurück. Jetzt war das stoßweise Atmen verschwunden, ebenso das pfeifende Geräusch in seiner Brust. Noch immer beobachtete Peter wortlos den Mann, jede Bewegung, wie er saß, wie er rauchte.

Sein Mitleid spürte er nicht mehr so bohrend wie vorher, denn er sah, dass es dem Mann sichtlich wohltat, so dazusitzen und zu rauchen. Wo er wohl herkommt, dachte er nach einer Weile wieder, und abermals kroch das Gefühl des Mitleids in ihm hoch, als er sah, dass der Mann die Zigarette fast aufgeraucht hatte.

Dann dachte er an die vielen anderen, die hier schon vorbeigekommen waren. Und fast immer hatte er Mitgefühl mit denen, die aus vielerlei Gründen erwartungsvoll vor der Tür standen. Manchmal waren es fremd aussehende Männer mit dunklen, krausen Haaren und braunen Gesichtern, die Teppiche und Decken anpriesen.

»Gutt Qualitätt, gutt Qualitätt, wirklich gutt Qualitätt!«, schrien sie dann durcheinander, während sie zu Zeichen besonderer Glaubwürdigkeit auf angepriesenen Bündeln herumtrampelten. »Gutt Qualitätt, gutt Qualitätt!«

Und je häufiger ein Kopfschütteln bedeutete, dass man nichts kaufen wollte, umso mehr wurde geschrien und gestikuliert, bis sie dann endlich uneinsichtig, schimpfend von dannen zogen. Andere gingen von Tür zu Tür und verkauften Wolle, Stricksachen, Unterwäsche, Strümpfe, Nähzeug und vieles andere. Scherenschleifer boten ihre Dienste an, Schrott- und Lumpensammler suchten nach Metallen und kramten, wenn man sie ließ, in jeder Ecke herum, und kaum einer ihrer Taschenwaagen zeigten jemals so viel an, dass sie viel für den Schrott hätten zahlen müssen.

Manchmal schien es, als sei die halbe Welt unterwegs, um irgendwas zu verkaufen oder zu erhandeln. Und fast alle, die die Landstraße daherkamen und dann an der Tür standen, konnten Mitleid und Anteilnahme erregen. Der eine, weil er so traurig-ehrlich gucken konnte, der andere, weil er den schweren

Hausiererkoffer schleppen musste, und ein anderer, weil er kriegsversehrt war, und andere wiederum, weil sie so arm waren, wie sie sagten, unbedingt was verkaufen mussten, um leben zu können.

Aber dieser Mann, der gerade seinen letzten Zug aus der Zigarette tat und sich dabei fast die Finger an der Glut verbrannte, verdiente besonderes Mitgefühl, denn er wollte ja nur einen Schluck Wasser. Und gleichzeitig stellte er sich vor, welche Gedanken der Mann wohl hatte, denn es war ja immerhin ein wenig mehr als nur ein Schluck Wasser, was er hier bekommen hatte. Doch gleichzeitig war der Gedanke unangenehm, bedrückend, und beinahe nahm es ihm den Atem, als er sich dabei ertappte, dass es ihm vor allen Dingen in den Sinn kam, wie viel mal mehr eine Scheibe Brot, eine Tasse Kakao und eine Zigarette als ein Schluck Wasser sein konnten, und ob es ausreichen würde, um sein Mitleid im tiefsten Innern zu beruhigen.

Der Mann zog den letzten Zug in sich hinein und drückte den winzigen Zigarettenstummel in der Untertasse aus, atmete dabei schwer und hielt den Atem für ein paar Sekunden an, als wollte er den Rauch noch lange festhalten. Dann erhob er sich langsam, stützte die Hände auf die Tischplatte und blickte flüchtig, fast scheu zu der Frau am Herd, die gerade ihre Hände an der Schürze abwischte, und danach zu dem Jungen, der ihn noch immer wortlos ansah.

»Ich muss jetzt gehen«, murmelte der Mann, strich mit fahrigen Bewegungen seiner Hand über die Falten seiner zerknitterten Anzugjacke, als könnte er sie damit glätten. »Und vielen Dank für alles«, murmelte er noch einmal und versuchte, langsam zwischen Tisch und Sofa hervorzukommen. Wieder stießen seine Füße gegen die Tischbeine, dann stand er ein paar Augenblicke wie unschlüssig, ging dann auf die Tür zu. Er wandte sich dabei noch einige Male zu der Hausfrau um und nickt ein paarmal mit dem Kopf. »Danke, das war sehr nett!«

»Dann kommen Sie gut weiter«, sagte sie, und der Junge überlegte, während seine Hand ein paar Tabakkrümel in der Hosentasche fanden, was das »Weiter« wohl heißen konnte. Dann spürte er wieder etwas, das hoch in seinem Hals saß und ihn am Schlucken hinderte. Er traute sich jetzt erst recht nicht mehr zu fragen, woher der Mann gekommen war, und am allerwenigsten, wohin er nun wollte.

Wenige Momente später stand er auf der Steintreppe in der offenen Haustür und blickte der Gestalt nach, die wie ein Schatten in der Dunkelheit verschwand. Er hörte die sich entfernenden Schritte und das ächzende Geräusch, das der Mann ausstieß, als er den Graben neben der Straße übersprang.

Danach war es still, und für ein paar Augenblicke war nichts mehr zu hören als das Schlagen einer Tür irgendwo und das heisere Gekläff eines Hundes in der Ferne.

Doch dann war da plötzlich erneut die Stimme, und was sie sagte, war schwer genug, um wie ein Stein in das Innere Peters zu fallen.

»Der Koffer ist weg. Hat jemand mitgenommen. Meine ganzen Sachen!«

»Mitgenommen?« Peter trat aus dem hellen Lichtrechteck der Tür in die Dunkelheit hinaus und sah nach ein paar Schritten den Mann schemenhaft am Straßenrand stehen mit hängenden Schultern, wiederholt in die eine und die andere Richtung schauend, als sei es so erklärlicher, wohin der Koffer verschwunden war.

»Mitgenommen?«, fragte er noch einmal und bemühte sich, ein Zittern in der Stimme zu verbergen.

»Was ist mit dem Koffer!« Die Stimme der Hausfrau klang fragend, ungläubig.

»Er ist weg«, sagte der Junge. »Hat jemand mitgenommen!«

»Also, das ist doch …«, klang es diesmal mit Entrüstung und Betroffenheit, und der Tonfall zeigte, dass seine Mutter es ungeheuerlich fand.

Sie blickten einander an, die Hausfrau, die aus dem Haus gekommen war, die Hände in die Seite gestemmt, und der Junge, die Hände in den Hosentaschen vergraben, und der Mann, dessen Schultern noch mehr zu hängen schienen.

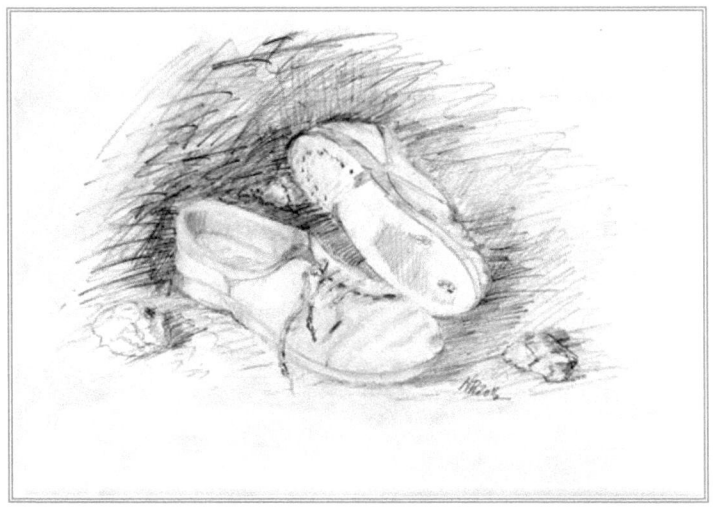

»Vielleicht hat ihn jemand abgegeben!« Die Stimme Peters klang zweifelnd, unglaubwürdig.

»Ja, ja«, wiederholte es seine Mutter, »so wird es sein, es hat ihn jemand abgegeben, dort, zwei Kilometer weiter im Gasthaus, direkt an der Straße!«

»Ja, ja, so wird es sein«, sagte nun auch Peter, erleichtert darüber, dass er es auch gesagt hatte.

Der Mann blickte zu der Frau, dann zu dem Jungen, dann die Straße hinauf und hinunter, zuckte resigniert mit den Schultern und sagte kein Wort.

Dann noch einmal mit leiser Stimme die Frau in der Schürze: »Warten Sie, ich gebe Ihnen etwas mit!«

Wenige Augenblicke erschien sie mit einer weißen Papiertüte in der Hand. Sie ging bis zum Rand des Grabens und reichte die Tüte zur anderen Seite hinauf. »Hier, nehmen Sie, es ist nur eine Kleinigkeit. Ein Handtuch und ein Stück Seife und ein Stück Brot. Und fragen Sie, ob der Koffer abgegeben wurde!«

Der Mann nahm die Tüte zögernd entgegen, als traue er sich nicht, sie anzunehmen, hielt sie denn etwas unschlüssig zwischen den großen Händen. »Ja, danke«, murmelte er undeutlich. »Und auf Wiedersehen!« Er wandte sich zur Straße und setzte sich langsam in Bewegung.

»Alles Gute«, rief ihm die Frau nach, und für einige Sekunden war die Tüte als weißer Fleck in der Dunkelheit zu erkennen. Der Mann antwortete nicht mehr. Erst als das Schlurfen der Schritte immer leiser wurde und sich schließlich in der Dunkelheit verlor, hörte Peter wieder die Stimme seiner Mutter aus der Küche:

»Komm schon rein, es wird kühl«, und die Stimme erschien ihm tiefer und sanfter als sonst. Er hätte gerne gewusst, ob es etwas mit dem Mann zu tun hatte und mit dem Mitleid, aber der Gedanke ging schnell, wie er gekommen war, und Peter rutschte die Böschung hinunter. Erst an der Haustür lauschte er erneut in die Dunkelheit hinaus.

Obwohl nichts mehr zu hören war, glaubte er, in seinem eigenen Herzschlag wieder das Schlurfen der Schritte zu hören, und mit jedem Pochen vertiefte sich neben dem Mitleid der Gedanke in ihm, ob eine Tasse Kakao, ein Stück Brot und eine Zigarette wirklich viel mehr waren als ein Schluck Wasser …

Nebel

Dichter Nebel lag über der Straße, die sich in vielen Windungen den Berg hinaufschlängelte. Seit mehreren Tagen schon lastete die feuchtgraue, fast undurchsichtige Masse, die das Atmen schwer machte, über einer kaum wahrnehmbaren Landschaft.

Der kleine Wagen, der langsam Kurve für Kurve die Steigung hinaufkroch, war nur am Motorgeräusch und an den Scheinwerfern zu erkennen, die milchglasartig mit der Nebelwand und Dunkelheit verschmolzen. Es war später Nachmittag im November, aber es hätte der Dunkelheit nach auch viel später sein können.

Hätte ich bloß die Umgehungsstraße genommen, dann wäre ich vielleicht schon da, ging es dem Autofahrer durch den Kopf, und sein besorgter Blick glitt auf den Zeiger der Temperaturanzeige, der sich bedrohlich dem roten Bereich näherte. Ich hätte längst den Wagen in die Werkstatt bringen müssen, aber dafür ist es jetzt zu spät, dachte er, und Beklemmung nahm langsam von ihm Besitz. Vielleicht würde es noch bis zum nächsten Parkplatz gehen. Aber bis zur Stadt, das konnte der Wagen nicht schaffen.

Die Gewissheit über das Unabwendbare war gegenwärtig, ließ sich nicht abschütteln. Wenn nicht ein Wunder passierte, würde er laufen müssen. Vielleicht hätte er aber auch Glück und es nähme ihn jemand mit, und zustimmend nickte er sich im Rückspiegel zu. Es muss einfach noch ein Wagen kommen, irgendjemand, der auch diese Strecke fährt.

Vornübergebeugt presste er die Hände angstvoll um das Lenkrad, während er versuchte, nach einigen mühsam genommenen Kurven den kleinen Parkplatz auszumachen. Dann sah er verschwommen die kaum erkennbare Einfahrt, gerade groß genug für zwei Fahrzeuge. Als er den kochenden Motor abstellte, heiße Schwaden aus dem Kühler sich mit dem Nebel verbanden, peinigte ihn der Gedanke, wie er am besten von hier wegkommen konnte, und er verwünschte zum wiederholten Male seine Nachlässigkeit. Gabi würde ihn jetzt brauchen.

Ein halbes Jahr waren sie jetzt verheiratet, und seit einigen Tagen hatte sie über Schmerzen geklagt und Fieber, aber sie meinte, es ginge so wieder weg und ihre beschwichtigenden Worte: »Wegen der Kleinigkeit lege ich mich doch nicht ins Bett!«, hörte er noch deutlich in seinen Ohren, bis vor einer Stunde der Anruf kam. Man hätte Gabi ins Krankenhaus gebracht.

Zwischen seine Gedanken, die sich hinter seiner Stirn unablässig wälzten, bohrten sich die Geräusche des Autoradios, das die ganze Zeit lief, in seine quälenden Überlegungen hinein. Irgendwer wurde gesucht, so viel hörte er noch, dann drehte er es ungehalten aus. Irgendwer wird immer gesucht, dachte er, und wer im Nebel verschwindet, ist für immer verschwunden, so wie ich ..., ob ich hier jemals wegkomme? Bei dem Wetter wird alles versteckt, verborgen, und manchmal versteckt man sich im Nebel vor sich selbst.

Er erschrak ein wenig vor seinen eigenen verdrehten Gedanken, und dann dachte er erneut an Gabi. Wie es ihr wohl geht ... Etwas verloren wanderten seine Augen in der milchigen Dunkelheit hin und her, unschlüssig, was er machen sollte.

Gleichzeitig, in einem Anflug sich aufdrängender Erinnerungen, musste er daran denken, als sie damals abends bei ähnlichem Wetter vor einigen Nachbarn davonlaufen mussten, denen sie die Gartentore ausgehängt und andere Streiche gespielt hatten. Wären die Nachbarn nicht so wütend gewesen, hätten sie trotz ihrer Angst versteckt hinter Brennnesseln und Holunderstrauch lachen können, obwohl ihnen das

Herz bis zum Halse klopfte. Und nun ließ die Angst das Herz wieder ganz oben klopfen, die Angst, dass er es nicht schaffen würde, rechtzeitig zurück zu sein.

Dann vermeinte er plötzlich ein Auto zu hören, zunächst ganz leise, aber dann war das Geräusch verschwunden – und tauchte unvermittelt erneut auf, ganz leise, auf- und abschwellend und unverwechselbar. Wenn man mich mitnimmt, komme ich doch noch rechtzeitig ins Krankenhaus, dachte er, aber was ist, wenn man mich nicht sieht? Sein Herz schlug noch schneller. Man muss mich einfach sehen.

Hastig schloss er die Wagentür auf, drückte auf den Knopf der Warnblinkanlage und rannte die wenigen Meter zurück zur Straße. Winkte dann den Scheinwerfern entgegen, die sich noch entfernt mühsam durch die Nebelschwaden tasteten.

Er fährt zu schnell bei der schlechten Sicht, schoss es dem Winkenden durch den Kopf, hoffentlich sieht man mich, und fühlte noch mehr seinen jagenden Puls ganz oben, als der schwere Wagen mit unverminderter Geschwindigkeit vorbeifuhr, fast hinter den schemenhaften Tannen verschwand, dann unvermittelt die Bremslichter aufleuchten ließ. Der Wartende nahm es mit erleichterndem Aufatmen und langsamem Verebben seiner Enttäuschung, die ihn sekundenschnell erfasst hatte, wahr, und lief dem rückwärts fahrenden Wagen entgegen, der auf die Einfahrt des Parkplatzes rollte, dann stoppte.

Nach dem Öffnen einer Autotür war eine kräftige Stimme zu hören. »Ist was passiert, kann ich Ihnen helfen?«

Der Fahrer des Wagens, die offene Autotür in der Hand, blickte ihn mit rückswärtsgewandtem Gesicht an, das in der Dunkelheit kaum zu erkennen war.

»Ja, mein Wagen, der Kühler, ich muss ihn stehenlassen. Tut mir leid, dass ich Sie angehalten habe, aber würden Sie mich mitnehmen bis in die Stadt oder die Richtung? Ich habe es eilig, meine Frau liegt im Krankenhaus und ...!«

»Ja, ja. kommen Sie, steigen Sie ein«, unterbrach der Mann in dem schweren Wagen den Redefluss, öffnete mit einem schwungvollen Hinüberlehnen die Beifahrertür. »Bin auch in Eile, muss auch dringend in die Stadt«, gab er noch zu verstehen, als sich der andere mit einem Aufatmen in den Beifahrersitz fallen ließ.

»Kein Vergnügen bei dem Nebel, nicht wahr?«

Der Mann am Lenkrad brummte etwas, was sich nach Zustimmung oder auch etwas unwillig anhörte, und ließ den Wagen in den Nebel schießen.

Der Beifahrer schaute etwas verstohlen mit einem Seitenblick zu dem Fahrer zu seiner Linken, der schwach im reflektierenden Licht zu erkennen war. Breitschulterig und deutlich zu erkennen die randlose Brille, durch die er angestrengt nach vorn schaute, um die weißgraue Wand zu durchdringen. Schnell bewegten sich die Mittelstreifen auf den Wagen zu, die im Scheinwerferlicht auftauchten. Er fährt zu schnell, viel zu schnell bei dieser Sicht, dachte der Beifahrer, und seine Hand krampfte sich unwillkürlich um die Armlehne der Tür. Nicht auszudenken, wenn er hier ins Schleudern kommt. Die Straße war gefährlich, fast jeder, der hier fuhr, wusste es, und seit die neue Straße fertig war, fuhr hier nur noch selten jemand. Es musste wirklich ein besonderer Grund sein, diese Straße zu nehmen.

Er schluckte ein paarmal, räusperte sich, versuchte seine Unsicherheit zu verbergen und wandte sich mit etwas bebender Stimme an den Fahrer. »Sie …Sie … äh, sind schon häufiger hier gefahren?«

»Ja!«, sagte der Fahrer, ohne den Blick von der Fahrbahn zu nehmen, »kenn die Strecke ganz gut!« Er sagte es in einem Tonfall, der keine Fragen mehr zuließ und den Beifahrer tiefer in den Sitz drücken ließ.

Natürlich kennt er die Strecke, sagte er sich. Warum stelle ich überhaupt diese überflüssige Frage? Er zwang sich, die Augen zu schließen, und versuchte seine Gedanken in eine andere Richtung zu lenken, aber die unruhige Fahrweise schaukelte ihn hin und her, und nach wenigen Sekunden starrte er wieder nach vorn, wünschte sich das Ende der Fahrt herbei. Als hätte der Fahrer seine Gedanken erraten, sagte er nach einem kurzen Seitenblick: »Nicht ungefährlich, die Straße, aber – was ist schon ohne Gefahr!« Er sagte es in einer Betonung, die keine Erwiderung erwartete.

Freundlich ist der gerade nicht, dachte der Beifahrer, aber ich sollte froh sein, dass er mich überhaupt mitgenommen hat. Ja, ich sollte froh sein, er sagte es sich noch einmal und spürte dabei die Feuchtigkeit in seinen Handflächen. Der Wagen machte ein paar Schlingerbewegungen und rutschte in einer scharfen Kurve bedrohlich nahe an die plötzlich auftauchenden Begrenzungspfähle. Dahinter geht es tief runter, wie fast überall hier, fuhr es dem Beifahrer durch den Kopf.

Ich habe Angst, dass er den Wagen nicht mehr hält. Ich habe Angst wie damals bei dem Lehrer, der auch immer wie ein Verrückter fuhr, besonders, wenn er manchmal auf dem Nachhauseweg einen Schüler mitnehmen konnte. Dann fuhr er besonders schnell. Das war dann die Strafe dafür gewesen, wenn so manches Mal eine Horde älterer Dorfschüler seinen kleinen Wagen an der Stoßstange hochgehoben hatten, wenn er nach dem Unterricht vom Schulhof fahren wollte. Aber hier, das ist etwas anderes, nein – oh mein Gott. Der Wagen schlingerte erneut und unterbrach für Momente den sich überschlagenden Gedankenfluss des Beifahrers, der sich wiederholt mit Händen und Füßen nach vorn und seitlich abstützte.

Jetzt ist es aus – aus, seine Gedanken überschlugen sich, während der Wagen auf die nächste Kurve zuhielt, die erst im letzten Moment zu erkennen war, mit dem Hinterrad über den Rollsplitt schlitterte, sich dann wieder fing und weiterfuhr, als sei das eine gewollte Laune des Fahrers, der mit ruckartigen Lenkbewegungen das Fahrzeug dirigierte.

Der Beifahrer, weiter verkrampft auf seinem Sitz, öffnete ein paarmal den Mund, brachte aber nichts heraus. Er ist nicht verrückt, sondern wahnsinnig, dachte er gehetzt. Ich sollte ihn bitten, nein, ich sollte ihn anschreien, dass er etwas langsamer fährt. Aber wie damals bei dem Lehrer, der seine Angst nicht sehen sollte, brachte er hier auch nichts heraus, verbarg so gut es ging seine Angst. Vielleicht sollte ich ihm doch meine Angst zeigen, vielleicht würde er dann langsamer fahren, ging es ihm durch den Sinn. Es wäre ja für Gabi, denn sie wird mich brauchen ... Für Momente wurde der Wagen etwas langsamer, die

Passhöhe war erreicht.

In wenige Sekunden würde es abwärts gehen, und ihm wurde fast übel bei dem Gedanken. Der Fahrer sagte noch immer kein Wort und beschleunigte das Fahrzeug erneut. Er fährt noch verrückter als der Lehrer damals, dachte der Beifahrer, als sie in den wabernden Nebel wieder eintauchten, der sich für Momente gelichtet hatte, und er wünschte sich, der Nebel müsste sein wie Watte, dann könnte man einfach hineinfallen, aber er ist nicht wie Watte, und er wird mich nicht schützend auffangen. Er ist eher wie ein Tuch, das alles bedeckt, versteckt – Berge, Häuser, Autos, Menschen und … Flüchtige, die vor etwas davonlaufen. –

Der neue Gedanke, der plötzlich und ohne Ankündigung da war, durchfuhr ihn schneidend. Er fährt so verrückt, weil er vor etwas davonläuft. Der Ausbrecher! – Die Radiomeldung! – Ich hätte sie mir richtig anhören sollen. Aber das ist zu spät, ich sitze neben ihm im Auto und bin ihm ausgeliefert. Aber warum hat er mich mitgenommen? Angstvoll schaute er aus den Augenwinkeln zu dem Fahrer hinüber, der ohne sichtbare Regung den Wagen in die Kurve lenkte.

Gepflegt sieht er ja aus, dachte er, aber warum sollte ein Verbrecher nicht gepflegt aussehen? Ja, ein bisschen brutal, sein kantiges Gesicht, kein Wunder, hatten sie nicht Gewaltverbrecher gesagt? Was mag er verbrochen haben? Wieder überschlugen sich seine Gedanken und die neue Angst, die in ihm hochkroch, nahm immer mehr von ihm Besitz. Jetzt war es nicht nur die Fahrweise, die ihm die größte Angst einflößte, sondern der Gedanke, dass er es mit einem Gewaltverbrecher zu tun hatte, dem er ausgeliefert war. Was sollte er nur tun, überlegt er fieberhaft.

Wenn er aus dem Gefängnis ausgebrochen ist, dann braucht er Geld. Alle, die ausbrechen, brauchen Geld! Und das besorgt man sich, wo es am einfachsten ist. Der Wagen – natürlich, gestohlen! Für Profis kein Problem. Ich sollte ihm sagen, dass ich nur ein paar Mark in der Tasche habe, dann wird er mich vielleicht laufen lassen.

Aber er verwarf den Gedanken sofort wieder. – Vielleicht weiß er noch nicht, dass ich ihn durchschaut habe. Wenn ich ihm sage, dass ich kaum Geld bei mir habe, kommt er womöglich auf den Gedanken, mich gleich umzubringen. Ich sollte aus dem Wagen springen, denn bei dem Wetter und der Dunkelheit könnte ich in Sekundenschnelle verschwinden.

Ein kurzes, erneutes heftiges Bremsen vor einer Kurve, das ihn vor- und zurückwarf, ließ ihn auch den Gedanken aufgeben. Die Abgründe! Fast überall ging es in die Tiefe. Ihn schauderte bei dem Gedanken, sich in solch einen Abgrund zu stürzen!

Vielleicht gibt es noch eine andere Möglichkeit auf den paar Kilometern bis zur Stadt. Es muss etwas geschehen, es muss! Gabi ..., sie braucht mich! Wenn ich mein Leben verliere, nützt es nichts mehr. Niemand wird gebraucht, wenn er tot ist. Ob sie wohl um mich weinen wird, dann? Aber wozu um etwas weinen, was nicht mehr ist? Makaber, meine Gedanken, dachte er. Vielleicht ist das mein Schicksal. Heute kommen wir, morgen sind wir nicht mehr – das ist Vorbestimmung, niemand kann es sich aussuchen. Und heute trifft es mich! Aber warum? Die Angst schnürte ihm den Atem nahezu ab, und panisch presste er die Augenlider zusammen, bis es schmerzte. Er wird bald halten, dann wird es passieren! Dann! Dann! –

Ob ich mich zur Wehr setzen soll? Zwecklos, er wird wahrscheinlich schießen oder mich schnell auf eine andere Art umbringen. Dann werden sie mich finden, morgen oder gar nicht. Einfach verschwunden werde ich sein, weg, aus! –

Plötzliches, ruckartiges Bremsen, quietschende Reifen und abruptes Stoppen des Wagens ließen ihn die Augen öffnen. Mit aufgerissenen Augen starrte er auf flackernde, tanzende Lichter und Scheinwerfer, die grell durch die Windschutzscheibe und seitlich einfielen. Eine Hand rüttelte an seiner Schulter, und er hörte die kräftige Stimme des Fahrers: »He, Sie, ist Ihnen nicht gut? Sie müssen hier aussteigen!«

Rotierendes Blaulicht von mehreren Fahrzeugen tauchte die Umgebung in unwirkliches Licht. Ein Uniformierter bewegte sich schnell auf den Wagen zu und hob grüßend die Hand an die Mütze. »Guten Abend, Herr Brinkhaus, ich dachte schon, die Dienststelle hätte Sie nicht mehr erreicht!«

»Doch, doch, war schon zu Hause, hatte gerade Feierabend. Wie ist es passiert?«

Der Uniformierte deutete in die Richtung der flackernden Lichter. »Da vorn, direkt vor den Baum …, ist nicht weit gekommen. Ich glaube, er wollte noch was sagen, aber …« Er hob die Schultern. »Zu spät!«

»Sie müssen den Rest zu Fuß laufen!«, wandte sich der Fahrer an seinen Fahrgast.

»Ja, natürlich!«, stammelte der. »Und vielen Dank … und Entschuldigung, … ich wusste nicht …«

Der Fahrer unterbrach ihn wie zu Beginn der Fahrt. »Schon in Ordnung, kommen Sie gut weiter, alles Gute für Ihre Frau!« Dann schaute er ihn noch einen kurzen Moment ruhig an, bevor er sich umwandte …

Der nette Harald K.

Wer ihn kannte, mochte ihn, und es gab kaum jemanden, dem ein nachteiliges Wort über Harald K. eingefallen wäre. Er war stets freundlich, hilfsbereit, immer zu einem Scherz aufgelegt und sein offenes Lachen konnte ansteckend sein. Nicht nur die Erwachsenen schätzten seine Art, auch Kinder und Jugendliche waren gern in seiner Nähe, denn er wusste auf viele Fragen immer eine Antwort, war nie ungeduldig und hatte immer Zeit, wenn er nicht gerade arbeitete.

Harald K. war Maurer, sehr geschickt im Umgang mit Kelle und Wasserwaage. Er genoss das volle Vertrauen seines Chefs, denn wenn er ihn zu einem Kunden schickte, um eine Gartenmauer zu setzen, eine Wand zu verputzen oder eine Zimmerwand zu mauern, konnte er sicher sein, dass Harald K. den Auftrag zur vollsten Zufriedenheit erledigen würde. Auch die Kunden wussten, wenn Harald K. geschickt wurde, brauchten sie sich keine Sorgen machen, ob die Arbeit sachgerecht und korrekt ausgeführt werden würde. Es hatte sich mit der Zeit herumgesprochen, dass er eine gute Hand in seiner Arbeit und für die Kunden hatte.

So hätte am liebsten jeder Harald K. bei der Ausführung eines Auftrags bekommen, was natürlich nicht möglich war. Sein Chef wusste, was er an ihm hatte, und entlohnte ihn entsprechend. Harald K. arbeitete gerne, und wenn er morgens auf eine größere Baustelle kam, mancher Kollege noch missmutig und unausgeschlafen sein Tagwerk begann, war er hellwach, begann ohne Umschweife seine Arbeit, und der eine oder andere Kollege murrte hin und wieder, dass er wohl ein Streber sei, der dem Chef noch mehr Geld in die Taschen schaufeln würde. Harald K. lachte dann nur und ließ sich davon nicht beeindrucken.

Sein Chef hätte ihn gern als Vorarbeiter gesehen, hatte ihm schon häufiger das Angebot gemacht, aber er lehnte immer dankend ab: »Nee, Chef, lass man, wenn ich meine Meisterprüfung habe, dann kannst du mich nochmal fragen!« So blieb es dann dabei, dass er auf den Baustellen als gern gesehener Handwerker selbst das Maurergeschirr in die Hand nahm.

Wenn Harald nicht arbeitete, lernte er für die Meisterprüfung oder er war viel draußen in der Natur zu finden, häufig mit seiner Freundin Erika, die er irgendwann heiraten wollte. Manchmal wurde er von Nachbarn oder Bekannten gefragt, wann er denn nun endlich in den Ehestand eintreten wolle und ob man sich denn nun bald auf einen Polterabend einrichten solle. Er winkte dann meistens mit einem Lachen ab und sagte nicht selten: »Erst muss die Kasse stimmen, dann kann ich die Hochzeit bezahlen!«

Jeder wusste selbstverständlich, dass er recht sparsam war, dass es natürlich nicht das fehlende Geld war, weshalb er noch nicht heiraten wollte. Es war wohl eben noch nicht der richtige Zeitpunkt, und Erika, seine Freundin sah das wohl genauso.

Sie passten gut zusammen, fanden alle, der großgewachsene junge Mann mit den offenen, wachen Augen und Erika, die brünette Krankenschwester, die seit einigen Jahren zusammen gingen und viele gemeinsame Interessen hatten.

Wenn Erika Spätdienst im Krankenhaus hatte, saß Harald K. nach Feierabend oft über seinen Büchern oder half wieder einmal einem Nachbarn, der an irgendwas herumwerkelte. Er half gerne und Nachbarschaftshilfe war für ihn eine Selbstverständlichkeit, so musste man ihn nie lange bitten. Einmal die Woche ging er auch zum Dienst zur Freiwilligen Feuerwehr. Unter den Kameraden war er nicht nur sehr beliebt, man schätzte auch seine Fachkenntnis, wenn es um einsturzgefährdetes, brüchiges oder anderes Mauerwerk ging, denn damit kannte er sich bestens aus.

Als er einmal im Winter auf dem Weg zum Feuerwehrdienst war, stürzte er sich ohne Umschweife in den mit brüchigem Eis bedeckten Teich und zog einen Jungen, der sich gerade noch am Rand des Eises halten konnte, in das er eingebrochen war, aus dem brusttiefen Wasser.

Danach wollten alle einen Helden aus ihm machen, das war ihm gar nicht recht. Abwehrend schüttelte er nur mehrmals den Kopf und wiederholte, dass es doch keine Heldentat gewesen sei, denn er hätte doch wohl kaum darin ertrinken können. Nur kalt sei es gewesen, richtig kalt. Und damit war die Sache für ihn erledigt.

Ganz selten ging er auch mal ins Gasthaus, blieb aber nie lange dort, trank höchstens ein oder zwei Bier. Anders als bei einigen Kollegen, die nicht selten im Gelage die Zeit und ihr Zuhause vergaßen, ging Harald K. lieber raus in die Natur, setzte sich an den Waldrand oder beobachtete den Sonnenuntergang. Die Kollegen sahen in ihm deshalb ein wenig den Sonderling, mit dem man im Gasthaus nicht viel anfangen konnte.

Harald K. störte das wenig. Und die Wirtin, die an ihm nicht viel verdienen konnte, weil er wenig bei ihr einkehrte, war ihm trotzdem äußerst wohlgesonnen. Wenn die Sprache mal auf ihn kam, sagte sie stets voller Überzeugung: »Der Harald, das ist ein feiner Kerl, die Frau, die den mal bekommt, die kann sich glücklich schätzen, so ein feiner Kerl!«

Als eines Tages zwei Beamte zu Harald K. nach Hause kamen und ihn verhörten, brach er in Tränen aus, gestand sofort und führte sie sogleich an die Stelle am Wald neben der Straße, wo er seine Geliebte Claudia B. abgelegt und mit Laub zugedeckt hatte.

Sie habe ihn unter Druck gesetzt, wollte alles seiner Freundin sagen. Er sei dann in Panik geraten und wohl jähzornig geworden, könne sich aber nicht mehr erinnern, was dann genau passierte, er habe sie doch nicht umbringen wollen, niemals, gab er an.

Harald K. bekam sechs Jahre …

Grenzgänger

Das Auffälligste war der lange, graue Regenmantel, oben an den Schultern abgesetzt, mit einer Pelerine, die dem Mantel etwas Extravagantes gaben. Auffällig war auch das volle, schlohweiße Haar, das im Kontrast zu dem dunklen Grau des Mantels noch weißer erschien. Unterhalb des Mantels kamen schwarze Gummistiefel zum Vorschein, deren Schäfte bei jedem Schritt den Saum des Regenmantels mit einem leisen, klatschenden Geräusch berührten.

Der nicht allzu große Mann, schon in den Jahren, ging langsam, fast bedächtig, vielleicht auch ein wenig schwer, wenn er die Straße hinunterging. Er kam immer aus dem Wald, aus dem ein mit Büschen und Pflanzen fast zugewachsener, holperiger Weg herausführte. Eigentlich war es kein richtiger Weg mehr, eher ein Trampelpfad, durchbrochen von grasbewachsenen Vertiefungen, die irgendwann hölzerne Wagenräder hinterlassen und sich an verschiedenen, morastigen Stellen mit Wasser gefüllt hatten.

Einst war der Pfad wohl ein richtiger Weg, als vor über anderthalb Jahrhunderten zwischen den Grenzen und Herzogtümern noch Zollschranken das Hin- und Herüber erschwerten und hier noch Salz geschmuggelt wurde. Aber so lange sich jemand erinnern konnte, war es nur ein fast vergessener, zugewucherter, schmaler Pfad, der manchmal von einem Holzfuhrwerk befahren oder von Kindern benutzt wurde, die den Wald als Abenteuerspielplatz aufsuchten. Hin und wieder war es auch ein seltener Spaziergänger, der sich auf dem ehemaligen Grenzweg verirrte.

Eigentlich war der Weg völlig unwichtig, und die Nachbarn diesseits und jenseits wohnten entweder dort oder dort. Sie gingen in dieselbe Gaststätte, kauften im selben Laden oder lasen die gleiche Zeitung.

So machte sich auch niemand Gedanken darüber, dass der Mann in dem Regenmantel, wenn er aus dem Wald kam, meistens einen angerosteten, zerbeulten Marmeladeneimer in der gepflegten Hand, den alten Grenzschmuggelweg benutzte. Umso mehr darüber, wer der Mann eigentlich war und warum er, nachdem er die Waldbeeren für ganz wenig Geld an einen Nachbarn abgeben konnte, dann für ein paar Tage spurlos im Wald verschwand.

Meistens klopfte er, wenn er genug in seinem Eimer hatte, etwas zaghaft an eine Tür, an der er gerade vorbeikam. Seine Stimme war leise, fast nicht hörbar, wenn er die Beeren anbot: »Möchten Sie nicht ein paar Blaubeeren, hier bitte«, sagte er dann in gepflegter Ausdrucksweise, und er hielt dann den Eimer so, dass man in ihn hineinschauen konnte. Und es waren meistens viele Beeren, die den Eimer füllten, gesammelt in vielen Stunden.

Jeder wusste um die Mühsal des Sammelns, so nahm ihm der eine oder andere Nachbar schon mal mehr aus Mitleid etwas ab. Aber er hatte nicht immer Glück, manchen war der Eimer zu rostig oder die Beeren waren hier und da zerdrückt, und dann ging er, wie er gekommen war, mit langsamen Schritten, den Kopf etwas seitwärts gesenkt, den Eimer in der Rechten, zurück in den Wald.

Niemand wusste, wohin er ging. Und dass er nur wegen der Blaubeeren dort war, konnte sich auch niemand vorstellen. Hinter vorgehaltener Hand mutmaßten einige, dass er wohl ein Sonderling sei, den man am besten in Ruhe ließ, andere meinten, man sollte ihn einfach fragen, wer er denn sei und woher er käme und wo er denn schliefe.

Aber niemand sprach mit dem Mann, wenn er wieder einmal vorbeiging. Sie grüßten ihn nicht, und er grüßte auch nicht, nur die Andeutung einer Bewegung seines Kopfes zeigte so etwas wie einen Gruß an, wenn er jemandem begegnete. Er schaute immer mit dem gleichen, nicht unfreundlichen, aber etwas müden, melancholischen Gesichtsausdruck, der noch durch die tiefen Falten bis zu den Mundwinkeln verstärkt wurde. Er sah auch immer gleich aus. Tag für Tag trug er den Regenmantel, dieselben Stiefel, nur der Mantel war an ganz warmen Tagen etwas aufgeknöpft.

Manchmal ging er, wenn er wieder einmal ein paar Beeren verkauft hatte, in den kleinen Laden und kaufte etwas Brot, Streichhölzer und Seife und verstaute es sogleich in seinem Mantel. Eine Tasche hatte er nicht. Niemand hatte je eine Tasche bei ihm gesehen. Danach ging er wie immer langsamen Schrittes die Straße zurück, bog ab in den ehemaligen Grenzweg und verschwand wie die anderen Tage im Wald, ohne stehenzubleiben oder sich umzudrehen.

Danach war es wie immer. Die Nachbarn rätselten wie schon zuvor. Zu gern hätte der eine und andere eine Erklärung gehabt, aber niemand traute sich den Mann zu fragen, bevor ihn der Wald wie hinter einem Vorhang erneut verbarg.

Der Tischler meinte, es sei schon merkwürdig, dass jemand tagaus, tagein in einem Regenmantel herumliefe, und sein Nachbar auf der anderen Seite des Grenzwegs fand, dass der Mann schon wegen seiner ganzen Erscheinung irgendwie nicht hierher gehörte. Seit diesen Tagen hieß der Mann, dessen Namen niemand kannte, nur »der Regenmantel«.

Dann ging die Nachricht um, jemand hätte gesehen, dass er aus der winzigen Höhle im nicht weit entfernten alten Steinbruch herausgekommen sei und sich dort wohl sein Nachtlager befände. Nun meinten alle Bescheid zu wissen, der Mann hatte offenbar kein Zuhause, wohnte im Wald und kam nur heraus, um die Beeren zu verkaufen, damit er von dem Erlös etwas Nahrung kaufen konnte. Nicht wenige hatten Mitleid und wollten aber nicht wissen, warum er keine Bleibe hatte und in der Höhle, in der man nur gebückt stehen konnte, übernachtete.

Als der Tischler in der Gaststätte sein Feierabendbier trank, war der Mann im Regenmantel wieder einmal Gesprächsstoff.

»Hast du auch davon gehört!«, der Gastwirt lehnte sich etwas über den Tresen zu dem Tischler herüber. »Der Regenmantel pennt im Steinbruch!«

»Ja, hab schon gehört, dann lass ihn doch, in der Höhle ist es wenigstens trocken, hatte mich sowieso schon gewundert, wo der nachts immer bleibt!« Der Gastwirt runzelte die Stirn. »Hm, der hat bestimmt was auf dem Kerbholz, sonst würde sich jemand in seinem Alter nicht in solch einem Loch verkriechen, man sollte die Polizei verständigen, wer weiß, was der angestellt hat!«

Der Tischler schüttelte den Kopf. »Lass den doch, vielleicht will der nur mal seine Ruhe haben, hat die Nase voll von der Welt oder ist seiner Alten davongelaufen und ist lieber im Wald bei Fuchs und Hase, aber wenn du unbedingt willst, dann sag euren ›Grünen‹ Bescheid, die können sich den ja mal ansehen, wenn er aus dem Wald kommt. Und für die Höhle, da sind die Grünen nicht zuständig!«

»Ja, klar«, der Gastwirt winkte etwas abfällig. »Für den Steinbruch ist **euer** Dorfsheriff zuständig, sag dem mal Bescheid!«

Der Tischler verzog skeptisch das Gesicht. »Du meinst, unser Dorfsheriff kommt extra, nur weil da einer im Wald pennt? Ich sage nur, lass den in Ruhe, mir hat er nichts getan, überhaupt hat er niemandem was getan, soll er doch im Wald herumrennen und übernachten, so viel er will, mich stört das nicht, und wenn der Winter kommt, dann wird der schon verschwinden!«

Damit war das Thema, so schien es, erledigt. Niemand hatte die Polizei gerufen, weder von dort noch von dort. Irgendwie hatte man sich an den Anblick des Mannes gewöhnt.

Die Zeit der Blaubeeren war inzwischen vorbei, nun waren es Himbeeren, dann Brombeeren, die der

Mann anbot. Er sah fast immer noch so aus wie an dem Tag, als er zum ersten Mal hier gesehen wurde. Lediglich sein Gang war noch etwas langsamer und gebeugter geworden, und sein Gesicht erschien schmaler und blasser, die weißen Haare waren zu lang, umgaben strähnig das Gesicht, und sein Mantel war an vielen Stellen angeschmutzt. Auch die Finger seiner anfangs gepflegten Hände waren nicht mehr sauber, hatten die unauslöschliche schwarzblaue Farbe der Beeren angenommen, die er unablässig gepflückt hatte.

Dann standen doch an einem frühherbstlichen Vormittag die »Grünen« mit ihrem Wagen an der Straße, wo der Grenzweg abzweigte, als der Mann im Regenmantel aus dem Wald herauskam. Niemand wusste, ob sie jemand gerufen hatte oder ob sie zufällig dort waren.

Der Mann hielt einen Schritt inne, als er den Wagen mit den Uniformierten sah, und fast sah es so aus, als wollte er sich herumdrehen und in den Wald zurückgehen. Dann aber straffte sich seine sonst in den letzten Wochen noch mehr gebeugte Haltung und er schritt schneller als sonst auf die Beamten zu, die inzwischen ausgestiegen am Fahrzeug standen und ihm entgegenblickten. Als er die Polizisten erreichte, nickte er ein paarmal mit dem Kopf, murmelte, dass er gerne mitfahren würde, sie wüssten wohl …

Einer der Beamten nickte nur kurz, öffnete die hintere Autotür, und nachdem der Mann hinten etwas mühsam Platz genommen, sich die Autotür geschlossen hatte, entschwand der Streifenwagen. Nur der halbvolle, zerbeulte Eimer mit den Brombeeren stand besitzerlos am Straßenrand …

Einige Tage später erschien eine Dame im modischen Mantel und Herbstkostüm und suchte die Nachbarin auf, deren Haus am Grenzweg dem Wald am nächsten war.

»Ich war die Ehefrau, … nein, … eine Ehefrau …, von vieren!«, sagte sie mit bebender Stimme und den

Tränen nah, während sie die Nachbarin um einige Auskünfte bat ...

»Ich kann es immer noch nicht glauben, ... er war doch ein so feinsinniger, kultivierter und vertrauenswürdiger Mann ... aber das dachten die anderen wohl auch ... wenn er bei ihnen war ...!«

Mutprobe

Der Turm war kein großer Turm, eher ein Türmchen. Er hatte auch keine besondere Funktion, weder war er ein Aussichtsturm, noch diente er zur Befestigung und Verteidigung einer Burg. Aber er hatte alles, was einen Turm ausmachte. Eine steinerne, schmale Wendeltreppe führte nach oben auf einen Gang mit einer aus behauenen, großen Steinen gemauerten Brüstung wie eine Schutzmauer, hinter der man sich gut verbergen konnte.

Der Turm hatte schmale Öffnungen, ähnlich wie Schießscharten, die ein wenig Licht hindurchließen, und er war schön anzusehen. Er war etwa so wie ein Turm in einem Märchenschloss. Etwas geheimnisvoll, romantisch, aber auch etwas unheimlich, wie der ganze schluchtartige Taleinschnitt, wo der Turm mit der Außenseite an einer senkrechten Felswand vermauert war. Er war nicht rund, sondern sechseckig, mit einem sechseckigen Dach, das wie ein Hütchen oben darauf thronte, von Efeu überwuchert wie die Felswand, mit welcher der Turm unlöslich verbunden war.

Vom Weg, der ein Stück oberhalb hinter Büschen entlangführte, die hier und da einen Blick auf das grün bewachsene Dach des Türmchens freigaben, führte nur eine steile Böschung hinunter bis zum oberen Eingang, der ein dunkles Rechteck im Mauerwerk des Turmes war – gerade groß genug, dass jemand hindurchgehen konnte – und wo an der Seite des Turmes noch Platz genug war, um mit der Brüstung fest vermauert zu sein, ähnlich befestigt wie ein Eckturm an einer Burgmauer.

Von der Brüstung zog es den Blick an den hohen, oben mit Bäumen und Büschen gesäumten, steilen, felsigen Wänden links und rechts entlang. Man blickte von dort auf die metallenen Schienen, die von weit draußen wie helle Steifen, nach einer langgezogenen Kurve nun pfeilgerade etliche Meter unterhalb in das Gewölbe des dunklen, mit eben diesem Türmchen verzierten Portal des Eisenbahntunnels hineinführten, der unten in der Schlucht lag.

Es war das Geheimnisvolle und Verbotene, das die drei Freunde anzog, diesen Turm zu erobern.

Rutschend und stolpernd an der steinernen Brüstung angekommen, hinter der sie sich nun duckten, stritten sie, wer zuerst in den Turm, in dem unheimliches Zwielicht, fast Dunkelheit herrschte, hinabsteigen sollte.

Der Große, weil er einen Kopf größer als die anderen war, den sie auch Professor nannten, weil sie meinten, dass er immer alles wusste und gerne die anderen verbesserte, der etwas Kleinere, genannt »Kette«, der zu jeder Gelegenheit, besonders wenn er aufgeregt war, mit seinem Taschenmesser an einer dünnen Kette herumwirbelte, die an seinem Hosenbund befestigt war, und der Kleine, den alle nur den »Kurzen« nannten, weil er ein wenig klein, dafür aber stämmig geraten war.

»Los, du gehst zuerst«, flüsterte der Kurze, der sich am tiefsten hinter der Brüstung duckte, den Kopf seitwärts auf Kette gerichtet, der, die Ellbogen aufgestützt, hinter der Mauer lag und auf ein paar kleine Stacheln in seiner linken Hand starrte, die er sich an den Brombeerbüschen hineingerissen hatte.

»Ich geh nicht, ich bin verletzt«, flüsterte Kette zurück, »lass doch Professor gehen, der ist doch sonst immer der Erste«, und drehte sich ein wenig auf die Seite, um sich noch eingehender mit den Stacheln in seinem Handballen zu beschäftigen.

»Mann, ihr seid vielleicht blöd«, murmelte darauf der Große, der auf dem Boden sitzend, den Rücken an der dicken Mauerbrüstung gelehnt und die Ellbogen auf die Knie gestützt, die beiden anderen wütend mit einem Seitenblick ansah. »Ihr seid nur feige da runterzugehen, guckt lieber erst mal nach, ob jemand

119

da unten in der Bude ist!«

Die Bude, das Streckenhäuschen, gut ein Dutzend Schritte seitlich der Gleise und ebenso weit vom Eingang des Tunnels entfernt, sah verlassen aus. Die Dachziegel, ehemals rot, nun vom Rauch und Ruß der Lokomotiven schmutzigdunkel und mit grünlichem Belag, zeigten sich düster abweisend. Ebenso die ehemals roten Ziegelsteine der gemauerten Wände des Häuschens, die ähnlich trist wie die Dachziegel an vielen Stellen ihre ehemals kräftige Farbe verloren hatten. Von oben war im halbblinden Seitenfenster des Häuschens im Halbdunkel der Raumes eine Ecke eines Schreibtisches mit einem schwarzen Telefon zu erkennen.

»Da ist niemand«, flüsterte die Stimme Kettes fast mutig im Tonfall nach links und rechts zu den anderen beiden.

Nun starrten alle drei, die Augen gerade so über den Rand der Mauer gehoben, nach unten auf das dunkle Häuschen. Dann wagten sie sich gebückt in den schmalen, dunklen Eingang des sandsteingemauerten Türmchens, von wo die ebenso gemauerten Stufen der Wendeltreppe hinabführen, der Große vornweg.

Stufe für Stufe, dicht hintereinander, die Arme und tastenden Hände in das Rund des Turmes gestützt, schoben sie sich nach unten.

Ihre Schuhe scharrten über den rauhen Stein der Stufen und in das Dunkel des Zwielichtes mischte sich das Geräusch ihrer suchenden Füße. Dumpf und hohl polterten ihre derben Ledersohlen gegen den sandfarbenen Stein, mischten sich in die ebenfalls hohl klingende Stimme des Großen, der plötzlich anhielt, so dass die beiden anderen fast auf ihn stürzten.

»Schiebt doch nicht so«, tönte er ungehalten nach hinten, während er im gleichen Moment schon die nächste Stufe nach unten ertastete.

Kette und der Kurze murrten irgendetwas und es klang beleidigt, bemühten sich aber, nicht mehr so dicht hinter ihm herzustolpern. Nach mehreren Treppenwindungen endlich unten angekommen, erschien ihnen die Helligkeit, die durch den Ausgang hereinschien, wie eine Erlösung nach der furchteinflößenden, zwielichtigen Dunkelheit im Innern des Turmes. Aber noch wagten sie sich nicht ganz heraus. Unentschlossen schauten sie, noch verborgen durch das dämmerige Dunkel im Innern, in das helle Rechteck des Ausgangs. Der Große wurde ungeduldig.

»Los jetzt, wir besetzen das Gelände, wenn ihr nicht mitkommt, gehe ich alleine!«

»Und wenn da doch jemand ist?«, flüsterte der

Kurze zwischen schnellen Atemzügen zum Großen gewandt, und sein Gesicht glühte hinter den Sommersprossen, wie immer, wenn er aufgeregt war.

»Quatsch, da ist niemand«, erwiderte der, und als wollte er sich das selbst bestätigen, machte er den ersten Schritt nach draußen.

»Da ist niemand«, flüsterte nun auch Kette hinter den beiden anderen und starrte wie gebannt am verlassenen, backsteingemauerten Streckenhäuschen vorbei auf die im Licht glänzenden Schienen, die unter dem gemauerten Portal hindurch in den Tunnel hineinführten.

»Bestimmt kommt gleich ein Zug«, flüsterte er dann und trat ebenfalls, sich vorsichtig umschauend, hinaus.

Dann standen alle drei vor dem unteren Eingang des Türmchens, unschlüssig, was sie nun als Erstes tun sollten.

»Klar kommt bald ein Zug, los, wir gehen runter zum Tunnel und warten, bis einer kommt!« Kettes Stimme klang fast mutig, und er hatte einen Gesichtsausdruck, als wunderte er sich, dass er das Wort als Erster ergriffen hatte.

Die Stimme des Großen klang noch mutiger, als er vornweg über den mit Schottersteinen übersäten, unebenen Boden, aus dem hier und da ein paar Grasbü-

schel herausschauten, auf den Tunneleingang zustol-
perte:

»Und ich gehe in den Tunnel rein«, sagte er so
laut, dass es nicht zu überhören war. Er biss sich aber
gleich darauf auf die Lippen, erschrocken über sich
selbst, denn eigentlich hatte er es nur so dahingesagt,
hinausposaunt, um sich ein wenig hervorzutun.

»Was …, du willst in den Tunnel rein?« Kettes
Stimme überschlug sich fast. »Und … und was
machst du, wenn ein Zug kommt?«

Der Kurze und Kette blieben stehen und schauten
ihn mit großen, ungläubigen Augen an.

»Da sind Nischen, da kann man sich reinstellen,
bis der Zug vorbei ist!« »Nischen …, woher weißt du
das?« Kettes Stimme klang zweifelnd, während er
wiederholt sein Taschenmesser an der Kette herumwirbelte.

»Hab ich gesehen«, antwortete der Große. »Als wir
mal mit dem Zug gefahren sind, da waren im Abstand Nischen im Tunnel, jedenfalls konnte ich das
beim Reinfahren, da, wo es noch etwas hell war, sehen!«

»Und wenn schon, wetten …, dass du nicht rein-
gehst?« Kette klang wieder zweifelnd und gleichzeitig herausfordernd.

»Wetten doch?« Der Große antwortete trotzig: »Ich

geh sogar ganz durch, bis auf die andere Seite!«

Kette und der Kurze schauten, als hätten sie nicht verstanden, und antworten fast gleichzeitig: »Bis ..., bis ganz auf die andere Seite?«

Kette hatte sich als Erster gefasst. »Das sind ja ..., das sind ja ...«, und fasste sich an den Kopf.

»Ja ..., das sind fast achthundert Meter ..., das ist fast einen Kilometer durch den Tunnel«, ergänzte der Große den Satz. »Und da geh ich durch!«

Unter den ungläubigen Blicken der beiden anderen sagte er es noch einmal: »Da geh ich durch«, und warf sich gekonnt mutig und etwas heldenhaft in die Brust. In seinem Innern wiederholte er noch einmal: »da geh ich durch«, als müsste er sich selbst bestätigen, fühlte aber gleichzeitig Beklemmendes in sich hochsteigen, wusste er doch, dass er sein vorlautes »Da-geh-ich-durch« nicht mehr ungesagt machen konnte.

Kette und der Kurze starrten gebannt und begierig auf seinen Mund, als warteten sie darauf, dass sich aus ihm noch weitere Worte lösten, die so unfassbar klangen. Ein paar Augenblicke geschah nichts, außer dass sie sich anstarrten. Und die einzige Stimme, die sich laut und vernehmlich bemerkbar machte, war die, die der Große in seinem Innern nur selbst hören konnte:

»Es war doch nur Spaß, das mit dem durch den Tunnel gehen«, hörte er sich lautlos sagen, während sich seine Lippen aufeinanderpressten und seinen Mund verschlossen. Er traute sich jetzt nicht mehr, es auszusprechen, dass er es nur so dahingesagt hatte. Jetzt musste er die Ankündigung wahrmachen. Wenn er jetzt nicht gehen würde, dann wäre das für die beiden eine willkommene Gelegenheit, es ihm für seine gespielte Kühnheit und den Wortbruch heimzuzahlen. Er wäre in ihren Augen nicht mehr heldenhaft, was er gerne ein wenig wäre, sondern ein Feigling, und sie würden es den anderen in der Schule erzählen. Und sie würden ihn immer wieder daran erinnern und damit hänseln und und …

Er schluckte ein paarmal und verwünschte sich, dass er so vorlaut gewesen war. Denn nun erschien ihm der Tunnel noch unheimlicher, als er es ohnehin schon war. Und mit der Vorstellung, sich in die Dunkelheit des Tunnels zu begeben, spürte er den unangenehmen Kloß in seinem Hals, der das Schlucken schwerer machte, und ein ängstliches Gefühl, das ihn von innen unangenehm einhüllte, sich auf ihn legte und das sich, so empfand er es, so wenig wegwischen ließ wie der schwarze Ruß auf den Tunnelwänden, und mit weniger Zuversicht und mit weniger lauter Stimme und mit der leisen Hoffnung, dass er damit noch etwas verändern könnte, sagte er dann zu den beiden anderen gewandt:

»Wir könnten ja ... alle durch den Tunnel gehen!«

»Wir sollen alle durch den Tunnel gehen?« Kette kreischte fast und wirbelte die Kette mit dem Taschenmesser noch schneller.

»Ach nee ..., er hat Angst, alleine zu gehen«, sagte der Kurze mit etwas gehobenem, gedehntem Tonfall, beide Hände in seinen Hosentaschen vergraben, zu Kette gewandt, der einen Moment aufhörte sein Messer herumzuschleudern,

»Hast du das gehört, jetzt hat er Angst, deshalb will er nicht alleine gehen!«

»Klar hat er Angst, aber eine große Klappe«, sagte nun auch Kette und stieß mit einem Ellbogen dem Kurzen in die Seite.

Mit einem triumphierenden, gemeinsamen Grinsen standen sie nun nebeneinander, die Blicke auf den Großen gerichtet, der sich nun mit einem verächtlichen »Ha. Ihr werdet schon sehen« zum Tunneleingang wandte und dann noch etwas zögernd den Fuß auf den betonierten Gehsteig setzte, der innen an der Tunnelwand entlangführte.

»Du musst was mitbringen von der anderen Seite, damit wir sehen können, dass du drüben warst«, rief ihm Kette hinterher und wirbelte abermals sein

Messer herum.

»Mitbringen, was soll ich mitbringen?« Der Große unterbrach seine ersten zögerlichen Schritte und drehte sich zu den beiden um, die ihm gespannt nachblickten.

»Was soll ich mitbringen?«, fragte er noch einmal mit einer Stimme, die ihm selbst nicht ganz fest vorkam und wofür er sich in diesem Moment am liebsten geohrfeigt hätte, denn den beiden wollte er seine Angst nicht zeigen. Eigentlich war er nicht besonders ängstlich, aber der Tunnel war ihm nie ganz geheuer. In sein Unbehagen mischte sich erneut die Stimme Kettes:

»Na irgendwas musst du mitbringen, einen Stein von drüben oder was anderes!«

»Ihr glaubt mir wohl nicht, dass ich da durchgehe?« Die Stimme des Großen klang nun fester, aber gekränkt.

»Wenn ich sage, ich geh da durch, dann mache ich das auch!« Laut, beinahe mutig klangen seine Worte, als er sich umwandte, die beiden nun sprachlos Schweigenden hinter sich lassend, und Schritt für Schritt weiter in den Tunnel hineinging, wo sich allmählich das Schwarz des rauchgefärbten Gewölbes und die Dunkelheit im Innern zu einer einzigen, nicht mehr unterscheidbaren Schwärze vor den Augen vermischten.

Ein paarmal hatte er sich noch umgedreht, bis der helle Fleck des Eingangs mit den Silhouetten Kettes und des Kurzen, die immer noch dastanden und in die Schwärze des Tunnels blickten, ihm nachschauten, schließlich hinter der langgezogenen Biegung des Tunnels verschwand. Nur sein seitlich ausgestreckter Arm und die tastende Hand an der Tunnelwand entlang gaben ihm nun Halt und Orientierung und er spürte, während seine Finger über das feuchte Mauerwerk der Tunnelwand entlangfuhren, dass er sich nur noch ganz vorsichtig vorwärts schob.

Und mit jedem Nach-vorn-rutschen seiner ledernen Sohlen, unsicher auf dem rauen, unebenen Zementboden, wuchs sein Schauder vor dem dunklen Nichts, in das er mit aufgerissenen Augen starrte. Hier und da meinte er etwas zu sehen, etwas Schemenhaftes, was dann aber verschwand, und er wusste nicht, ob es vielleicht ein schwacher Lichtschein war, der über das Mauerwerk des Tunnels von irgendwoher huschte.

Während er unsicher vorwärtsstolperte, wuchs seine Erinnerung an unheimliche Geschichten, die manchmal erzählt wurden, ins Unerträgliche. Einiges, was erzählt wurde, klang schon in der unverständlichen Andeutung, nur im Tonfall, ohne dass etwas genau ausgesprochen wurde, so unheimlich und besonders bedeutungsschwer und bedrückend, wenn manchmal die Erwachsenen beim billigen Schnaps brütend zusammensaßen und sich im kaum beleuchteten Zimmer an Vergangenes erinnerten und etwas vom Krieg flüsterten.

Allein das Wort »Krieg« ließ schon in der verstohlenen Erwähnung die Gesichter am Tisch anders, dunkler und verschlossener werden und auch die Münder schlossen sich dann zu einem dumpfen Schweigen und mit der bedrückenden Sprachlosigkeit blieb das Unausgesprochene düster und bedrohlich im Raum. Ebenso dunkel und bedrohlich waren auch die fast unverständlich geraunten Andeutungen, dass damals im stillgelegten alten Tunnel, dessen Eingang halb verschüttet war und nur kaum zwei Dutzend Schritte neben dem neuen Tunneleingang, schreckliche Dinge passiert sein sollten. Angstvoll streckte der Große seinen Arm wieder und wieder nach vorn in die Dunkelheit hinein.

Seine Gedanken überschlugen sich. War dort etwas, gegen das er vielleicht laufen könnte, oder schlimmer noch, er würde jemanden ertasten oder er würde in etwas Grauenvolles hineinlaufen. Sein Herz schlug schnell, ganz oben im Hals und er dachte an die Schatten, die er vor sich gesehen hatte oder glaubte gesehen zu haben, und mochte sich kaum noch vorwärtsbewegen.

Und in die Angst und seine sich überschlagenden Gedanken, zurückzulaufen, so schnell es geht den Tunnel zu verlassen, egal ob der Kurze und Kette ihn einen Feigling nennen würden, kam von der noch weit entfernten anderen Seite der heulend-gellende Signalton eines in den Tunnel einfahrenden Zuges. Vielfach im Echo verstärkt, als hätte jemand in ein riesiges Horn geblasen, raste der Heulton sekundenschnell durch die rabenschwarze Dunkelheit des Tunnelgewölbes unter dem Berg hindurch und traf ihn in voller Stärke, dass es schmerzte.

Der schneidend-heulende Ton klang unheimlich und schaurig, besonders nachts, wenn sich das kurze auf- und abschwellende Heulen in das gespenstische Rufen der Eulen mischte. Nichts hätte ihn dann dazu bewegen können, in die Dunkelheit hinausgehen, sich am Wald in die Nähe des Tunnels zu begeben, wenn der durchdringende Signalton der Lokomotive sich vermengte mit dem Schleifen, Scheppern und Rasseln der Waggons und zu einem ohrenbetäubenden Lärm wurden, der wie das Gebrüll eines wilden Geisterheeres klang, das aus der finsteren Schlucht galoppierte und in den dunklen Himmel emporjagte.

Und hier unter der Erde, im unheimlichen Gewölbe des Tunnels, klang es noch schauriger. Der Große hielt sich die Ohren zu und seine Hand löste sich für einige unsichere Schritte von der Tunnelwand, wo er die nächste Nische suchte, in die er sich bei der Durchfahrt des herannahenden Zuges stellen konnte. War sie noch vor ihm oder war er bereits vorbeigestolpert? Hatte er sie verpasst in diesen Sekunden oder vielleicht vorher schon, als er die Hand für Momente von der Wand löste?

Einige der Nischen, sieben oder acht, hatte er anfangs gezählt. Und jedes Mal dort, wo seine an der Tunnelwand entlangstreichende Hand dann nichts mehr ertastete, ins Leere ging, da war die gemauerte Vertiefung in der Tunnelwand, groß genug für einen Erwachsenen und Schutz bietend vor dem rasenden Luftzug, der einen Zug begleitete und jeden mitreißen konnte, der außerhalb der Nische und zu nah den Schienen war.

Dem durchdringenden Heulton folgte das Stampfen und Dröhnen der Lokomotive und das schneidende, schleifende und rasselnde Geräusch des Güterzuges, das dumpf und hohl durch den Tunnel hallte. Und wie helle Augen aus dem dunklen Nichts leuchteten entfernt die Lichter der Lokomotive, näherten sich rasch. Zu rasch für seine verzweifelt tastende

Hand, die in letzter Sekunde ins Leere griff.

Und vom Schwung mitgerissen, stürzte der Große vornüber in die Nische. Er schlug mit der Stirn zuvor gegen die gemauerte Kante, blieb dann zusammengekauert, die Arme schützend vor der riesigen, schmerzenden Beule, in der Ecke der Nische und erwartete den Zug, der mit ohrenbetäubendem Getöse die Tunnelwände erbeben ließ und Momente später an ihm vorbeiraste, ihn in feuchtwarme Schwaden aus Dampf, Ruß und Rauch hüllte, dass er kaum noch Luft bekam und was seine Augen noch mehr tränen ließ. Tränen, die sich einfach ihren Weg suchten, seine Wangen hinabrollten und es war ihm egal, ob es wegen der schmerzenden Beule war oder ob ihm die Tränen vor Wut und Verzweifelung kamen, dass er überhaupt in den Tunnel gegangen war, oder weil der Ruß in den Augen brannte.

Und während er noch immer in der Ecke der Nische kauerte, der endlos scheinende Güterzug vorbeidonnerte, wünschte er sich unablässig, nie in diesen Tunnel gegangen zu sein. Gleichzeitig war er froh, dass ihn Kette und der Kurze ihn nicht so sehen konnten, wie er mit der Beule an der Stirn in der Ecke hockte und am liebsten aus dem Tunnel gerannt wäre.

Draußen hatte ihm der Zuglärm nie Angst

gemacht, am Bahnübergang vor der geschlossenen Schranke oder wenn sie sich zu dritt am Bahndamm getroffen hatten und sich dann so nah wie möglich als Mutprobe an die Bahnböschung legten und die Züge aus nächster Nähe an sich vorbeifahren ließen. Doch in der Dunkelheit des Tunnels, wo der Lärm viel lauter war als draußen, war es unheimlich, bedrohlich und zum Fürchten.

Obwohl er sich kaum zu rühren wagte, der rasende Luftzug und Lärm ohrenbetäubend an ihm vorbeijagte, horchte er den Geräuschen hinterher, ohne dass er es wollte, glaubte zu erkennen, welcher Waggon gerade durchfuhr. Es war so, als sähe er mit seinen Ohren durch die Dunkelheit hindurch das, was seine Augen nicht sehen konnten. Er hörte die geschlossenen und beladenden Waggons heraus, die dumpf und schwer klangen. Auch die leeren geschlossenen Wagen erkannte er am helleren und hohlen Klang und mehrere flache, unbeladene Waggons dazwischen drangen mit hellem Fahrgeräusch in sein Horchen. Und verschiedene Rungenwagen konnte er am Scheppern und Klirren der stählernen Rungen, die mit Ketten verbunden waren, erkennnen.

Und während er den Geräuschen des letzten Waggons hinterherlauschte, unschlüssig, angstvoll, ob er sich aus der Nische hervorwagen sollte, mischte sich in das abebbende Rollen und Scheppern des Zuges unvermittelt und schneidend der heulende Signalton eines einfahrenden Gegenzuges. Er traf abermals schmerzend seine Ohren, ließen ihn, als er sich gerade aufrichten wollte, erneut zusammenkauern.

Wieder schlug sein Puls hinauf bis zum Hals. Dann hörte er das schnell aufeinanderfolgende Klack-Klack-Klack-Klack, den Rhythmus heranrollender Räder des Personenzuges auf der anderen Gleisseite. Erneut presste er die Hände auf seine Ohren, verbarg dabei seinen Kopf zwischen den Unterarmen.

Wenige Augenblicke später war der Zug, begleitet von Dampf und Rauch, heran. Wie durch dichte Nebelschwaden hindurch, kaum erkennbar, huschten beleuchtete Wagenfenster vorbei, ohne die Dunkelheit wirklich zu erhellen, beleuchteten im vorbeiflackernden Licht wabernde, sich windende Formen, die zu tanzenden Dampf- und Rauchgespenstern wuchsen, sich um ihn legten, einhüllten und das Luftholen erschwerten.

Dann, mit offenem Mund, stockte ihm der Atem gänzlich, als er plötzlich das Gruseligste, das er sich je vorgestellt hatte, an seinem Nacken spürte, etwas, das im Moment zupackte, sich nicht mehr löste und ihn im Aufschreien erstarren ließ. Er spürte so etwas,

was sich anfühlte wie eine Klaue, hart, rau und gleichzeitig wie eine Hand. Aber eine Hand, die sich nicht anfühlte wie eine Hand.

Im großen Entsetzen löste sich die Starre und der Große schrie und schrie gegen das an, was ihn gepackt hatte, nicht mehr losließ und plötzlich nach oben zog trotz seiner schleudernden Arme, mit denen er sich wehrte und um sich schlug. Unerbittlich und trotz seiner Gegenwehr wurde er aus der Ecke, in der er kauerte, hochgezogen, auf seine Füße gestellt und herumgedreht in den Schein einer Lampe, die ein Stück unterhalb eines bärtigen Gesichtes im dunklen Raum zu hängen schien.

Durch die wabernden Schwaden blickte er in ein Gesicht, das unter den wilden Haaren eine böse Zornesfalte trug, zusammengekniffene Augen und einen Mund, der sich unablässig öffnete und wieder schloss und etwas herausstieß, das sich im Zuglärm anhörte wie ein unablässiges Brüllen und Donnergrollen. Was der Mund sagte, konnte er nicht verstehen, es musste jedenfalls sehr Böses sein, denn das Gesicht, aus dem es kam, sah böse und zornig aus. Dann drehte ihn die Hand mit dem derben Arbeitshandschuh in die Richtung, aus der er gekommen war, stieß ihn unsanft nach vorn, so dass er häufig stolperte.

Im Lichtschein der Lampe, die nach vorn über sei-

ne Schulter leuchtete, schimmerte die feuchte Tunnelwand zu seiner Rechten in Richtung Ausgang. Dort
angekommen bekam der Große nach etlichem Nach-
vornschupsen noch einmal einen kräftigen Stoß, der
ihn fast stürzen ließ. Er nahm von der dunklen Gestalt nur den ausgestreckten Arm und die Hand mit
einem großen Hammer wahr, die drohend und unmissverständlich nach oben zum Weg wies.

Kette und der Kurze waren nicht mehr zu sehen,
und nun rannte der Große, so schnell er konnte, die
wenigen Meter bis zum Eingang des Türmchens,
nahm drinnen drei Stufen gleichzeitig und stolperte,
die Angst im Nacken, die steile Böschung hinauf.
Vorher an der Brüstung blickte er im Laufen noch
kurz panisch und angstvoll zurück auf den Strecken-

läufer im schwarzen Arbeitsanzug, der, einen Ruck-
sack auf dem Rücken, aus dem ein großer Schraubenschlüssel und eine zusammengerollte Signalfahne herausschaute, noch immer am Tunneleingang stand.
Fuchtelnd, den Hammer mit dem langen Stiel in der
Luft herumstoßend, schimpfte er laut und nach oben
drohend hinter ihm her.

Der Große ging nie wieder in einen Tunnel …

Nicht für die Schule lernen wir ...

Der Schulweg war weit für Wenzels kleine Beine und er erschien ihm besonders weit, weil er hier und da am dunklen Wald vorbeiführte, der ihm an einigen Stellen nicht geheuer war und an dem er nur ganz schnell vorbeiwollte. Eigentlich war der Weg nicht wirklich so weit, vielleicht etwas mehr als eine halbe oder dreiviertel Stunde, wenn er nicht zu lange trödelte und wenn er den etwas kürzeren Weg über den Mühlenhof ging. So war es nicht nur die Schule, an die er dachte, morgens in der Herbst- und Winterzeit, in der es nicht so aussah, als würde die Dunkelheit je von dem Morgenlicht verdrängt werden, sondern es waren auch die Gedanken an den dunklen Wald, durch den der Schulweg führte.

Zwei Kilometer stand jedenfalls auf dem Wegweiser an der Hauptstraße, von wo der Schulweg begann. Über eine holperige ungeteerte Straße ging es zunächst am Gasthaus mit den zwei großen Kastanienbäumen vorbei und kurz darauf über den Bahnübergang mit dem in roten Backsteinen gemauerten Schrankenwärterhäuschen, in dem der Schrankenwärter an seinem Schreibtisch saß und darauf wartete, dass er die Schranken herunterlassen konnte,

Meistens erwiderte er, wenn Wenzel über den Bahnübergang ging und winkte, seinen Gruß, indem er kurz nickte und zwei Finger an die Mütze hob.

Wenig weiter hörte Wenzel das Wasser des Mühlenbaches rauschen, der unablässig unter der Straßenbrücke hindurch, über ein Wehr, in eine dunkle, bodenlos anmutende Tiefe fiel, um dann unten mehrere Meter tiefer aus einem schäumenden Strudel als ruhiger Bach seinen Lauf fortzusetzen.

An der Mühle, wo es immer nach Mehl und Korn roch, wo in der morgendlichen Dämmerung das Licht durch die stets geöffnete Tür die holperige Straße erhellte, waren es nur noch wenige Meter bis zur mauerumsäumten Einfahrt des Mühlenhofes, hinter der der ständig bellende Jagdhund in seinem Zwinger hin und her sprang. Nur zu gern hätte er kurz einen Blick in die Mühle geworfen, aber die Angst, zu spät zur Schule kommen, ließen seine Beine noch schneller laufen. Vorbei an der Giebelseite des Hauses mit der selbst im Winter immer etwas geöffneten Dielentür, aus der es nach warmem Kuhstall roch, führte der Weg quer über den Hof, entlang des immer dampfenden Misthaufens, zwischen Scheunen und Holzschuppen vorbei.

Und hier begann der etwas kürzere, sandige Weg hinter einer umsäumenden Mauer, die den Hof umschloss. Zwischen hügeligen Wiesen mit einigen Kirschbäumen und büschenbestandenem Buchenwäldchen auf der anderen Seite führte der Weg, der im Winter häufig verschneit war, weiter durch einen dunklen Fichtenwald. Und der war in der Dunkelheit des Morgens nicht geheuer, weil unheimliche Wesen hinter jedem Baum und Busch lauern konnten. So fühlte es Wenzel jedenfalls, wenn morgens die Dunkelheit noch mit der Dämmerung kämpfte, manchmal Nebelschwaden zwischen den Büschen und Bäumen entstehen ließen, dass es ihn gruselte und die Beine daraufhin liefen, so schnell sie konnten.

Mit dem Tornister und dem klappernden Inhalt ging es dann eilig auf dem sandigen Weg, den alle Kinder mit Teufels- und Hexenweg bezeichneten, schnell die Anhöhe herauf, wo die Fabelwesen, nachdem der Wald passiert war, keine Macht mehr hatten.

Und am ersten Haus, an der Tischlerei, wo es immer nach Leim und Holzspänen roch, der Tischler in seiner blauen Schürze manchmal vor der Tür stand und dann immer fragte: »Na, inne Schul?«, und auf Wenzels Antwort »Ja, ja« immer sagte: »Denn man tau, denn man tau«, war die Hälfte des Weges geschafft, und hinter einem Stück lichten Buchenwaldes grüßte von Weitem bereits der Kirchturm, hinter der die Schule lag.

Einige hundert Meter weiter den Feldweg entlang, vorbei an zwei kleinen Gehöften, mündete der Weg in die Dorfstraße, unweit der Schule. Dort in der Klasse war noch eine andere, anheimelnde Dunkelheit am Montagmorgen nach dem Adventssonntag zu spüren. Für eine Stunde hielt vorweihnachtliche Feierlichkeit Einzug in die Klasse und verbannte den Schulalltag für Momente vor der Tür. Kerzlein und Laternchen tauchten die Klasse in wärmendes Licht und verschönerten auch das Adventsliedersingen mit Fräulein Steinkamp.

Eigentlich hatte Fräulein Steinkamp keine schöne Stimme. Sie war nicht weich, schwingend, warm, sondern eher in der etwas rauchigen Stimmlage des Pfeiftons, den Dampflokomotiven heulend erzeugten, bevor sie in den Tunnel fuhren. So fühlte es Wenzel jedenfalls. Aber die Stimme passt zu Fräulein Steinkamp, denn auch sie war nicht weich und warm, sondern eher hart, herb, groß, und meistens trug sie einen dunklen Rock mit weißer Bluse und dunkelblauer Strickjacke mit langen Ärmeln.

Und wenn ihre langen, knochigen Hände mit gestreckten Zeige- und Mittelfinger die Luft beim Dirigieren eines Liedes durchschnitten, sie ihr durchdringendes »Lalala« anstimmte, dann wagte niemand aus der Klasse nicht hinzusehen oder nicht mitzusingen. Fräulein Steinkamp konnte zornig werden, wenn jemand unaufmerksam war oder nicht das machte, was sie gesagt hatte. Dann konnte sie sogar außer sich geraten. Sie konnte manchmal auch nett sein, aber wenn sie begann zornig zu werden, zeigte sich am Hals eine schimmernde Röte, die langsam stärker wurde wie ein verblassendes Morgenrot, das schließlich der Morgensonne wich, wie die Dunkelheit der Helligkeit wich, wenn die Fenstervorhänge nach der Adventsstunde wieder geöffnet wurden.

In Fräulein Steinkamps Gesicht zeigte sich aber nach der Röte dann keine erhellende Sonne, sondern Zeichen, die an aufziehende Gewitterwolken erinnerten, die sich kurz darauf entluden. Ihre Stimme wurde dann laut, im Tonfall etwas höher und kurz darauf gab sie gerne Ohrfeigen. Und sie schlug immer an den Kopf oder ins Gesicht. Wenn sie von hinten schlug, traf es meistens den hinteren Teil der Ohren und den Hinterkopf, und wenn sie von vorn schlug, den vorderen Teil der Ohren und die Wange.

Einmal war es eine Hausarbeit, die Wenzel statt mit Tinte mit Bleistift geschrieben hatte, weil keine Tinte zu Hause war. Fräulein Steinkamp war dann ganz außer sich geraten und ihre Stimme im bebenden Heulton ließ Wenzels Stimme ganz zitterig werden, als er es erklären wollte.

Sie aber hatte nur geschrien: »**Was** habe ich gesagt, du solltest mit Tinte schreiben … nicht mit Bleistift! … Was heißt keine Tinte zu Hause? … **Was** habe ich gesagt, **was** habe ich gesagt … mit Tinte, mit Tinte, nicht mit Bleistift …, **was** habe ich gesagt …, mit Tinte!!« Und ganz besonders laut hatte Fräulein Steinkamp dann geschrien, wenn sie das Wort »Was« benutzte. Nach jedem »Was« kamen die Ohrfeigen, mal rechts, mal links, mal links, mal rechts. Wenzels Kopfeinziehen half wenig, denn ihre Hände trafen immer. Und da hatte sich Wenzel in den dunklen Wald gewünscht, in dem er sich hätte verbergen können, wo ihm selbst dunkle Fabelwesen lieber gewesen wären als Fräulein Steinkamp.

Er spürte nicht nur die Schläge auf seinem brennenden Gesicht, sondern fühlte auch etwas Drückendes tief in sich, dort, wo er Atem holte. Und die Blicke der zuschauenden Klasse trafen ihn wie Stiche. Dazu hatte er einen großen Kloß im Hals, den er nicht hinunterschlucken konnte, der ihm den Mund verschloss. In seine Gedanken und Qual mischten Bilder vom Theater, wo sie ein Jahr zuvor mit der Schulklasse gewesen waren und alle geklatscht hatten, als die böse Hexe in den Backofen gestoßen wurde … Fräulein Steinkamp gab noch vielen viele Ohrfeigen in den folgenden Jahren.

Manchmal aber wurden Schule und Strafen zur Nebensache, wenn zwischen Frühjahr und Sommer ein Schützenfest direkt vor der Haustür stattfand. Die letzten Schultage vor dem Ereignis konnten dann nicht schnell genug vorbeigehen.

Es gab nach der Schule immer etwas zu schauen. Das Zelt wurde aufgebaut, Bierfässer aus dem Keller der Gaststätte gerollt, Fähnchen, Girlanden und Grünschmuck aus Birkenzweigen an vielen Stellen angebracht und alle waren reichlich aufgeregt. Besonders der Wirt Erich Reimer war rein aus dem Häuschen, er meckerte und schimpfte ständig an diesem und jenem herum, wenn mal etwas nicht klappte.

Dann war der Tag da und es begann das Schießen mit Luftgewehren aus ein paar Metern Entfernung um die Königswürde. Die Männer des Schützenvereins in grauen Jacken mit grünen Aufschlägen, an denen etliche Abzeichen hingen, scharrten sich hinter dem Gasthaus um grüne, blecherne Schießkästen, die als Schießscheibe in der Mitte bewegliche Ringe hatten. Wenn ein Ring getroffen wurde und ein wenig nach hinten kippte, kam aus einer Öffnung unten die dazugehörige Zahl auf einem kleinen Blechviereck heraus.

An einem Bindfaden gezogen wurde dann ein Hebel betätigt, und das kleine Blech mit der Zahl wurde in den Kasten zurückbefördert und der nächste Schuss konnte abgegeben werde. Aber die seltsamen Kästen hatten ihre Tücken. Reichlich wackelig auf eilig herbeigesuchte Sägeböcke und Bohlen gestellt, gab der Ring, obwohl getroffen, die Zahl manchmal nicht frei oder das kleine Blech mit der Zahl ließ sich nicht zurück in die Position bringen oder der Bindfaden, an dem oft zu heftig gezogen wurde, riss plötzlich entzwei. Jedes Mal Grund für langes Palavern.

Es gab schließlich immer einen Anlass, die Schuld für einen schlechten Schuss auf die Kästen zu schieben. Nach etlichen Durchgängen wurden die Uniformjacken und feierlich gebundenen Schlipse mehr und mehr geöffnet und im Geruch des Bieres ging der Nachmittag und das Schießen dem Höhepunkt des Festes entgegen. Alle waren schon ausgeschieden, nur Ernst Hilgendorfer und August Stegemann versuchten im übriggebliebenen Zweierwettkampf die Scheibe für sich zu gewinnen.

Zuletzt vollbrachte August Stegemann den Siegestreffer. Er hatte wohl weniger getrunken und stand daher sicherer auf den Beinen. Unter Hochrufen und anderem lauten Gejohle wurde dann der neue Schützenkönig von den Schützenbrüdern, Zuschauern und Kindern vom Hof um das Gasthaus rum ins feierlich geschmückte Zelt geleitet. Mit dem üblichen Tschindarassabum der Kapelle wurde dann in der Nähe der langen Theke auf Geheiß des neuen Schützenkönigs Aufstellung im Schützenfestzelt genommen. Das gelang schließlich, als alle mit einigem Hin und Her ihren Platz gefunden hatten, aber nicht in gerader Reihe wie Linien in einem Schulheft, wohl eher wie mehrere scharfe Kurven wie bei der Straße hinter dem Haus.

Die Schützenbrüder im bereits fortgeschrittenen Bier- und Schnapsrausch schwankten mit ihren offenen Jacken und Schlipsen um die Wette. Wenzel stand in einigem Abstand zu der schwankenden Reihe bei den anderen Zuschauern und wunderte sich, dass Erwachsene so schlecht gerade stehen konnten. Das aber trübte die Freude der Schützenbrüder über den gelungenen Ausgang des Schießwettbewerbs in keiner Weise.

Die Ansprache des neuen Königs war kurz und hochwillkommen, als er den langerwarteten Auftakt zum Fest gab mit den Worten: »Leewe Schützenbrüder, nu möt wi eest mol een drinken!«

Unter lautem zustimmenden Gebrüll und anderen Jubelrufen stürzten alle an die lange Theke, erhoffte man sich nach der Ansprache doch einige Freibiere, denn August Stegemann war wie immer in einem dicken Auto vorgefahren und er hatte immer, wie viele sagten, auch eine dicke Brieftasche. Nun ging das Fest seinen weiteren Gang.

Zu Hause waren inzwischen Tante Else und Berni mit dem Fahrrad eingetroffen, und alle wollten zum Schützenfest. Besonders Berni, der sicher erneut einige Streiche machen würde. Mit Berni, der schon größer und im sechsten Schuljahr war und im Nachbardorf zur Schule ging, würde es sicher wieder eine spannende Erkundungstour werden. Da war sich Wenzel sicher. Bestimmt hatte er schon etwas ausgespäht, was er bald anstellen würde.

Wenzel freute sich schon, denn Berni war, wie man

so sagte, ein Faxenmacher und Rumtreiber, der nicht eher zufrieden war, bis er irgendwo Erwachsenen einen Streich spielen oder möglichst viel Unerlaubtes anstellen konnte, und das versprach Aufregendes. So hatte Berni immer eine Angelschnur in der Tasche, um hier und da in verbotenen Forellenteichen zu angeln, oder er legte, wie schon häufiger, Brotkrumen in Schnaps, den er sich irgendwo besorgt hatte, und fütterte damit Nachbars Hühner, die daraufhin etwas seltsam herumliefen.

Auf dem Schützenplatz, am Eingang des Zeltes gegenüber, hatten eine Schießbude, ein Stand mit Süßigkeiten und eine Würstchenbude ihren Platz bezogen und das erregte sogleich die Aufmerksamkeit Bernis, kaum dass er auf dem Festplatz war. Über sein Gesicht ging wie immer, wenn er etwas vorhatte, ein breites Grinsen und einher ein Zuzwinkern mal mit dem einen, dann mit dem anderen Auge. Dann strich er erneut herum, mal hier, mal dort, stieß grinsend einigen gleichaltrigen oder gleichgroßen Jungen, als wollte er sich mit ihnen messen, einen Stupser in die Rippen oder in den Rücken, um danach dann aber gleich das Weite zu suchen. Wenzel hatte immer Mühe, ihm zu folgen.

Dann war es so weit. Inzwischen war es recht dunkel geworden, das beleuchtete Zelt war voll, die Blaskapelle spielte und vor dem Zelt und den Buden drängten sich ebenfalls Besucher. Manche schossen für ihre Freundin noch eine Papierblume, andere standen für Würstchen oder Süßigkeiten an den anderen Ständen an.

»Los, komm mit!«, flüstert dann Berni plötzlich und schleicht von der Seite aus der Dunkelheit an den Stand mit den Süßigkeiten heran, aber so, dass ihn niemand sieht. Dann greift er blitzschnell um die Seitenwand des Standes an die Stelle, wo mehrere mit Liebesperlen gefüllte Cellophanstangen, ähnlich wie große Würstchen, aufeinandergeschichtet liegen. Genauso schnell, wie er zugegriffen hat, verschwindet er blitzschnell, eine Cellophanwurst in der Hand, mit einem zischenden »Los, weg hier« in der Dunkelheit, Wenzel und die beiden ganz Kleinen, Fritz und Friedhelm aus der Nachbarschaft, hinterher.

Auf der Tenne zwischen Handwagen und Werkbank begutachtet Berni dann seine Beute und lässt die glänzende, lange Cellophanwurst in der Hand mit den Liebesperlen auf- und abwippen und weil Berni, wie zu Hause gesagt wurde, immer nur Blödsinn im Kopf hat, und das hat er wohl auch, als er plötzlich seine Hose herunterzieht und das genauso wie die Cellphanwurst mitwippen lässt, was ein Junge eben hat. Dabei grinste er ganz breit über das breite Gesicht von einem Ohr zum anderen, streckt allen seine Zunge raus. Wenzel und die Kleinsten staunen, können sich vor Lachen kaum halten.

Dann aber ist es genug, die Hose wieder hoch, genug gestaunt und gelacht und der Cellophanwurst geht es an die glänzende Pelle. Übers Knie hin und her gedreht gibt die widerspenstige Hülle erst auf, als sie ein paarmal auf die Ecke der hölzernen Werkbank geschlagen wird. Im lauten Knall fliegen viele hundert bunte Liebesperlen verteilt über den dunklen, holperigen Boden unter Handwagen und allerlei Gerätschaften, in Schweine- und Schafstall, in jede Ritze, jedes Mauseloch.

Alle rutschen auf Knien herum und es dauert lange, in der wenigen Beleuchtung die begehrten Liebesperlen wiederzufinden und aufzusammeln. Aber das Schützenfest dauert noch bis in die Nacht … Und später fuhr auch Berni mit seiner Mutter, die ihn vorher kräftig ausgeschimpft und ihm die Ohren langgezogen hatte, weil sie wohl etwas von dem »Stibitzen« erfahren hatte, mit dem Fahrrad nach Hause.

Am anderen Tag war schulfrei und es gab für Wenzel nichts Spannenderes, als auf dem bierdurchtränkten Dielenboden zwischen durchweichten Zigarettenresten, zertretenen Zigarettenschachteln und dem, was Mägen wieder hergegeben hatten, nach verlorengegangenen Geldstücken zu suchen, die den Leuten aus der Tasche gefallen waren. Und es gab immer etwas zu finden.

Und dann liegt es da, ein silberglänzendes Geldstück zwischen den Resten des Festes, zwischen Luftschlangen, zertretenen Papierblumen und Bierdeckeln. Eine Mark, mit der Zahl nach oben, blitzt Wenzels Augen und dem Sonnestrahl entgegen, der durch die geöffnete Plane des Tanzzeltes hereinscheint. Ein unbeschreibliches Finderglück fühlt Wenzel in sich aufsteigen, das wohl auch der Wirt gerne gehabt hätte, als er hereinkommt und »Raus hier« durch die abgestandene und abgefeierte Luft schreit. Blitzschnell wandert die Mark, vor dem Zugriff der großen Wirtshand gerettet, zwischen Wenzels Finger und von da in seine kleine Hosentasche.

Ein Lutscher, ein Krokodil an einem Stiel, kostet zehn Pfennig und für eine Mark, so hatten alle in der Klasse das Einmaleins kürzlich in der Schule gelernt, konnte man die unglaubliche Anzahl von zehn leuchtend gelben, himbeerroten oder hellgrünen Krokodillutschern kaufen oder zwanzig rosarote Kaugummis oder oder …

Irgendwann war der Beginn des nächsten Schuljahrs bei Herrn Klossmann, und der, so schien es, mochte die Schüler nicht und die Schüler mochten Herrn Klossmann nicht, jedenfalls viele nicht. Schon lange vorher hieß es unheilvoll geflüstert: Warte, wenn du erst zu Herrn Klossmann kommst … Und es war wohl so, Herr Klossmann mochte die nicht, die zu faul, zu dumm, zu begriffsstutzig waren oder immer schlechte Diktate schrieben, und davon gab es nicht wenige in der Klasse.

Aber es gab kein Entrinnen, ab dem dritten Schuljahr musste jeder zu Herrn Klossmann, der für viele Fächer zuständig war. So plagte sich jeder im Unterricht mit Deutsch, Rechnen, Erdkunde, Musik und anderem.

Und mochte die Sonne draußen noch so schön scheinen, in der Klasse erschien vieles grau wie Herr Klossmann – hager, schon betagt, ergraut, mit etwas gräulichem Gesicht, stets im grauen Anzug, in immer geputzten, schwarzen Schuhen –, wenn er versuchte, sich seine Schüler untertan zu machen.

Und dazu gehörte auch seine Sitzordnung, die anders war als in den anderen Klassenräumen. Die Tische waren zu einem großen, eckigen U zusammengestellt, so konnte sich niemand hinter seinem Mitschüler verstecken. Herr Klossmann hatte dann von seinem Pult aus die Sicht auf die Schüler des fünften Schuljahrs zu seiner Rechten, geradeaus quer die des vierten und zu seiner Linken die des dritten Schuljahrs.

Direkt neben der braungebeizten Tür des Klassenraums gab es noch den Faultisch für Sitzenbleiber, besonders Faule, für jene, die immer schlechte Diktate schrieben oder bei denen auch Strafen nicht mehr halfen. Der Faultisch hatte vier Plätze, die meistens nicht reichten, dann wurde zusammengerückt und noch Stühle dazugestellt.

Herr Klossmann liebte Diktate – und die waren gefürchtet. Nicht nur weil er manchmal Wörter diktierte, die noch niemand kannte, sondern weil es unverhofft Prügel gab, wenn besonders solch ein unbekanntes Wort nicht richtig geschrieben war. Er ging dann immer mit verschränkten Händen auf dem Rücken langsam mit klackenden Absätzen seiner Schuhe hinter den Sitzreihen entlang und konnte so über die Köpfe und Schultern auf das Geschriebene schauen. Meistens mussten zwei Schuljahre dasselbe Diktat schreiben. So schrieben dann die des vierten und fünften zusammen oder die des dritten und vierten Schuljahrs, während die anderen andere Aufgaben hatten.

So ist es an einem schönen Tag, als die Mittagssonne über der Wiese steht und sich jeder, auch Wenzel, am liebsten dorthin gewünscht hätte, als Herr Klossmann das Wort »Summa« diktiert, das zuvor noch niemand gehört hatte: »… alle Zahlen zusammen sind … Summa, sind Summa …« Herrn Klossmanns Stimme wird lauter, schneidender, dann schreit er das Wort Summa noch einmal, während er an einer Stelle hinter den angstvoll Sitzenden, die die Köpfe zwischen die Schultern ziehen, stehenbleibt und wartet. Jeder weiß, nun wird etwas passieren, wird es wahrscheinlich jemanden treffen.

Das klackende Geräusch seiner Absätze ist schon für Momente verstummt, und indem er noch einmal das Wort Summa schreit, sein Gesicht sich mit bleckenden, zusammengebissenen Zähnen und seitlich verschobenem Kinn verzerrt, lässt er mit noch auf dem Rücken verschränkten Armen einen kleinen Gummiknüppel aus dem linken Ärmel in die rechte Hand gleiten und schlägt damit auf die vor Angst hochgezogene Schulter Klaus Hegemanns. Und gleich noch zweimal, da er wohl diesmal besonders schlecht geschrieben hat.

Meistens gab es zwei Schläge mit dem Knüppel, der so aussah wie eine übergroße Lakritzstange, und an diesem Tag waren es einmal drei und dreimal zwei Schläge, für drei, die nicht nur das **eine** Wort besonders schlecht geschrieben hatten. Auch alle anderen Diktate fielen besonders schlecht aus. So hatten die Schlechtesten ungefähr einhundertzwanzig Fehler und selbst die Besten noch zehn oder fünfzehn rote Striche in ihrem Heft.

Wenzel war froh, dass er nicht so viele Fehler hatte, dass er auf der anderen Seite der Tischreihe sitzen und so dem Gummiknüppel entgehen konnte. Dann wurde wieder einmal danach die Sitzordnung verändert. Dann ging mancher des fünften in die Reihe des vierten Schuljahrs und der eine oder andere des vierten fand seinen Platz im dritten Schuljahr. Wer später besonders fleißig war, durfte sich nach oben dienen. Aber das war selten von langer Dauer.

Herr Klossmann ließ auch gern und häufig Strafarbeiten für zu Hause schreiben. Meistens waren das lange Gedichte, die mühsam abzuschreiben waren, die jene abschreiben mussten, die besonders schlechte oder gar keine Hausaufgaben gemacht hatten. Dann schallten die zwei Wörter immer im gleichen schneidenden Tonfall durch die Klasse: »Ihr schreibt …«, und jeder, den es betraf, wusste um die Unausweichlichkeit der Strafe.

Und Herr Klossmann wusste sehr wohl, dass besonders in der Erntezeit kaum alle Strafarbeiten erledigt werden würden, was sich dann auch in der ersten Stunde des nächsten Tages bewahrheitete. Er stellte sich bereits am Morgen strafbereit neben das Pult. Und so begann der nächste Tag für zwei, manchmal drei, wie der Tag zuvor geendet hatte, mit Strafen. Zu diesem Zweck hatte Herr Klossmann zwei Haselnussstöcke, etwa einen Meter lang und in der Dicke eines kleinen Fingers eines Erwachsenen, die sonst in der Klassenecke standen, auf dem Pult bereitgelegt.

Dann nahm er einen Stock, bog ihn mit der anderen Hand etwas durch, als wollte er prüfen, ob er noch heil war, trat zwei Schritte zur Seite, dann erschallt mit schneidender Stimme der erste Name des zu Bestrafenden, indem er immer zuerst den Nachnamen, dann den Vornamen nennt, und danngefolgt von den zwei anderen Wörtern, die jeder fürchtet, die dem immer gleichen, unumstößlichen Befehl gleichkommen.

»Hentrup Karlheinz …, komm vor!!«

Der erste Bußfertige kommt nach vorn, den Kopf gesenkt, stellt sich vor Herrn Klossmann, der mit seiner Linken die bereits in Erwartung der Strafe gestreckte Hand ergreift, in die Waagerechte zerrt, dabei wütend, erneut mit bleckenden, zusammengebissenen Zähnen und seitlich verschobenem Kinn ausholt und zuschlägt.

Der Stock trifft mit einem kurzen, stumpfen, patschenden Geräusch die Handfläche. Dann die andere Hand, wieder der Schlag und das kurze Patschen. Der Bestrafte geht zurück zu seinem Platz, das Gesicht gerötet. Darauf der Befehl für den nächsten Büßer. … »Komm vor!« Schlag um Schlag geht's in den Tag … »Reitmann Wenzel, komm vor!« Die nicht abgegebene Hausarbeit ist damit gesühnt.

Nach dem Strafritual glättet sich die Stimme, weicht die Wut im Gesicht Herrn Klossmanns einer fast zufriedenen Miene.

Über den Rand der Wolken gleiten ein paar freundliche, wärmende Sonnenstrahlen durch die Klassenfenster … So ging's fort und fort. Schultage gingen dahin mit und ohne Strafen, verschmolzen im Lauf der ersten Schuljahre zur Unkenntlichkeit, als sei alles ein einziger, nicht enden wollender Schultag. Die Fabelwesen aber hatten derweil ihren Schrecken verloren, und der Weg von der Schule nach Hause konnte nicht lang genug sein.

Hier und da über den Zaun schauen und spätestens bei den Resslers, die zu Hause fünf Kinder waren, gab es meistens eine Abwechslung, wenn Frannek, der Drittälteste, der eigentlich Franz hieß, bei seiner Schwester wieder einmal nachsehen wollte, was sie unter dem Schlüpfer hatte. Dann gab es meistens nicht wirklich ernstes Geschrei, aber sie zankten und prügelten sich, bis einer keine Lust mehr hatte oder sich etwas anderes bot, um sich die Zeit im Wald zu vertreiben. Nicht selten war auch Wenzel dabei.

Interessanter aber war es, wenn Vater Franz Ressler wieder einmal in seiner Garage, die als Werkstatt diente, kriegsversehrt ohne Beine auf dem Zementboden herumrutschte, herumwerkelte, etwas zusammenschweißte oder -lötete und sich gerne dabei zuschauen ließ. Die Tür zur staubigen, holperigen, ungeteerten Straße stand meistens offen und es war unmöglich vorbeizugehen, ohne einen Blick hineinzuwerfen. In der Werkstatt gab es fast alles. Allerlei Schraubenschlüssel, Zangen, Schrauben, Gasflaschen, Bohr- und Schleifmaschinen und ganz hinten ein altes, verrostetes Auto, an dem ewige Zeit herumgebaut wurde.

Und wenn Franz Ressler in blauer Schlosserjacke, Arbeitermütze, abgewetzter Manchesterhose mit Lederbesatz, mit der er durch die Werkstatt rutschte – dabei immer aus Zigarettenstummeln und Tabakresten eine selbstgedrehte, qualmende, neuentstandende Zigarette zwischen den Lippen –, den Schweißbrenner zündete, um ein Rohrgestell für einen Autositz zusammenzuschweißen oder an einer Autotür herumzubasteln oder zu -löten, war es eine besondere

Stimmung. Es schmurgelte, zischte, es roch nach verbrannter Farbe, glühendem Metall, und sprühende Funken hatten den Geruch von Wunderkerzen.

Wenzel konnte sich nicht sattsehen, bis seine Augen, vom grellen Licht des Brenners geblendet, tränten und nichts mehr erkennen konnten. Als irgendwann das alte Auto fahrbereit und so umgebaut war, dass Franz Ressler damit ohne Beine fahren konnte, verging viel Zeit und es gab dort nach der Schule ständig etwas zu schauen.

Eines Tages hatte es mit dem zusammengebastelten Auto einen Unfall gegeben, so wurde erzählt, bei dem Otto, der Jüngste, er hieß bei allen Ottek und war erst gerade in die Schule gekommen, bei dem Unfall das ganze Gesicht durch Glassplitter zerschnitten wurde. Nach etlichen Wochen war Ottek dann wieder in der Schule. Niemand hatte zuvor so viele Narben in einem Gesicht gesehen. Und es gab niemanden in der Schule, der Ottek in den ersten Jahren geschlagen hätte, auch kein Lehrer …

Auf dem Weg von der Schule nach Hause gab es noch vieles andere zu entdecken, womit die Zeit immer zu schnell verging. Da gab es Wiesen, Wald, Gärten, Kirschen, Erdbeeren, und Wenzels Gedanken an Schule waren in diesen Momenten so unendlich weit. Am Mühlenteich schnatterten Enten, tauchten Teichhühner, schwammen majestätisch die Schwäne, und rauschendes Wasser hielt das immerwährende Räderwerk der Mühle in Bewegung, trieb Riemen und Achsen, die das Korn zu Mehl werden ließen. Wenzel konnte nicht widerstehen.

Nur einen kleinen Blick durch die stets geöffnete Tür werfen in den immer selben Mühlenraum, auf die rüttelnden Kästen, den abgeschabten, hölzernen Trichter, aus dem das Korn in die hölzerne Bütte und auf den sich ständig drehenden Mahlstein rieselte, und dem Müller und Gesellen zuschauen, wie sie die vollen Säcke mit der Sackkarre hin- und hertransportierten. Immer war es aufregend, aber eigentlich war alles ähnlich gleich wie jeden Tag.

Auch Fritz Hortenbrink saß wie immer mit seinen gelähmten und steifen Beinen hinter seinem Schreibtisch im Kontor und notierte etwas und blätterte in Geschäftsbüchern mit schwarzen Deckeln und vielen Zahlenreihen darin. Fast immer glimmte mit korkenzieherartigen Rauchgebilden eine Zigarette im Aschenbecher vor sich hin, daneben Bleistifte und seine dicken Handstöcke, mit denen er sich vorwärtsbewegen konnte und mit denen er manchmal, wenn er vor der Mühle stand und schlechte Laune hatte, drohend in der Luft herumfuchtelte. Dazu erklang dann seine angsteinflößende Stimme weit über den Teich.

Von seinem Schreibtisch aus konnte Fritz Hortenbrink durch das Kontorfenster genau sehen, wer die Mühle betrat. Und wehe, wenn neugierige Kinder nicht gleich zu ihm ins Kontor gingen, dann trompetete er mit durchdringender Stimme durch das große Seitenfenster zum Mühlenraum etwas wie **reinkommen** und machte dazu eine große Armbewegung, die **sofort** bedeutete.

Alle Kinder hatten Angst vor ihm, wenn aus seinem mit enormem Gebiss ausgestatteten Mund seine laute, mächtige Stimme erscholl. **»Herkommen«**, dröhnt auch diesmal der Befehl aus seinem Mund, der Wenzel an einen Nussknacker erinnert, wie der ganze hochgereckte, kantige, an den Seiten ganz kurz geschorene Kopf.

»Na, Schule aus?«, dröhnt es nochmal aus Hortenbrinks Mund, und als Wenzel ganz nahe ist, nur noch schnell »ja ja« sagt, die Beine schon gegen den Schreibtisch stoßen, packt Hortenbrink mit seiner großen linken Hand so fest in Wenzels Haarschopf, dass ihm die Tränen die Wangen herunterlaufen. Dann nimmt er mit seiner großen Rechten einen Stempel aus dem vor ihm stehenden Stempelständer, schlägt ihn mit Wucht und lautem Knall in das danebenliegende Stempelkissen und presst dann den Stempel mit kräftigem Hin- und Herdrücken auf Wenzels Stirn, dass ihm noch mehr Tränen herunterlaufen, bis die Schrift des Stempels in blauen, fetten Buchstaben, etwas höher über den Augenbrauen, zu lesen ist. **BEZAHLT** steht nun in Großbuchstaben auf seiner Stirn.

»Nun biste bezahlt, nun kannste besser Schularbeiten machen!« Fritz Hortenbrinks Stimme und sein lautes, schallendes Lachen klingt Wenzel noch zu Hause in den Ohren, als die großen Lettern auf der Stirn nur langsam der Kernseife und dem lauwarmen Wasser aus der Zinkwanne weichen.

»Warst du wieder in der Mühle?« Wenzels Mutter klingt wenig erfreut. »Du sollst da nicht immer reingehen, hast du gehört?!«

»Ja, ja.« Wenzel verspricht es und denkt, was er beim nächsten Mal in der Mühle machen würde.

Aber im Moment waren Wiesen, Gärten, Kirschen und der Heimweg vergangen. Wenzel dachte nur an den schmerzenden Haarschopf, der ihn an Fritz Hortenbrink und die Mühle erinnerten. Und an die nach der Wäsche verblassende blaue Farbe an der Stirn, die Wenzel nun einmal mehr im Spiegel betrachtete, die so ähnlich blau war wie die Schultinte, die ihn nun daran erinnerte, die ungeliebten Schularbeiten zu machen, Schulaufgaben für Herrn Klossmann, die die Schule wieder gegenwärtig werden ließen.

Manchmal sagte Wenzel, dass er keine Lust hätte, Schularbeiten zu machen, aber dann hieß es zu Hause nur: »Nicht für die Schule, sondern für das Leben lernen wir!«

Wenzel wusste nicht, wo der Unterschied war, was der Satz zu bedeuten hatte, denn die Hausaufgaben, ob für das Leben oder die Schule, waren dadurch nicht leichter und Singen auf dem morgigen Stundenplan, an das er dachte, war von den meisten, auch von ihm, obwohl er gut singen konnte, ebenso gefürchtet wie Diktate.

Das Aufklappen des schwarzen Geigenkoffers mit der rotbraunen Geige darin vertrieb am anderen Tag bei vielen die letzte stille Hoffnung, dass es diesmal kein Singen geben würde. Für die schlechten Sänger, für andere, die gar nicht singen konnten, sich nicht trauten oder nicht wollten, war es wie bei den Stockstrafen, ein Spießrutenlauf nach vorn zum Lehrerpult.

»Komm vor!«, hieß es auch hier im Befehlston, und wenn Herr Klossmann die Geige unter das Kinn gelegt hatte, der Geigenbogen die erste Saite berührte und darauf ein auf- und abtanzender Arm mit dem Bogen die ersten zwei Takte von »Im Frühtau zu Berge …« intonierte, war das der unausweichliche Befehl beim zweiten Anstimmen mitzusingen.

Selten gelang das jemandem, die meisten verloren sich nach mehreren Anläufen in merkwürdigem Gebrumm oder Gewimmer, fanden kaum den richtigen Ton, dass selbst Herrn Klossmann manchmal die richtige Melodie auf der Geige abhanden kam. So hieß es dann nicht selten nach mehreren Versuchen im lauten Befehlston: »Setzen, Fünf … Sechs!« Die Noten wurden aber gern in Kauf genommen, Hauptsache man durfte zum Platz zurück.

Dann erhebt sich Herr Klossmann in der wöchentlichen Singstunde wie immer von seinem Platz hinter dem Pult, geht vor den Sitzreihen entlang, setzt sich dann Erwin Schulte gegenüber, der sich dann sogleich, in angstvoller Erwartung der ersten Geigentöne, erhebt. Und jeder weiß, dass Erwin nicht singen kann. Herr Klossmann beginnt erneut: »Im Frühtau zu Berge …«, dann ein zweites Mal mit einem einsatzgebenden Kopfnicken: »Im Frühtau zu Berge …« Daraufhin immer noch Schweigen.

»Du sollst singen!« Herr Klossmann war laut, ungeduldig. Ein drittes Mal, wieder das Kopfnicken und der Bogen streicht quietschend, wiederholend die ersten Töne.

»**Du sollst singen**«, schreit nun Herr Klossmann, und als noch immer kein Gesang aus dem zusammengekniffenen Mund Erwins zu hören ist, schreit er noch einmal »**Singen**«, gibt dann dem noch immer hartnäckig Schweigenden, den Geigenstock noch in der Hand, eine schallende Ohrfeige, schreit dann abermals: »**Du sollst singen**«, um dann darauf abzubrechen, weil er wohl einsieht, dass es erfolglos ist, da Erwin jetzt erst recht nicht singt.

»Sechs … Setzen«, schreit er erneut, und weiter geht es immer reihum, bis die herbeigesehnte schrille Pausenglocke empfunden wird wie der schönste Klang des Tages, der das Martyrium der Singstunde beendet.

Ruhiger war es nur in der Zeichenstunde. Da war selbst Herr Klossmann hinter seinem Pult kaum zu vernehmen. Nur das Kratzen und Schaben der Bunt- und Bleistifte, das sich in das Vogelgezwitscher von draußen mischte, hing leise im Raum. Jeder zeichnete das, was er wollte, ein Haus, einen Baum oder eine Vase mit Blumen, und wenn man zu Herrn Klossmann nach vorn ging, schaute der sich jede Zeichnung an, gab sogar Ratschläge, so ruhig, dass es richtig ungewohnt war, und einige danach meinten, eigentlich sei er ja gar nicht so schlimm …

Dann aber, die Tage vergingen, wie immer wieder mit Strafarbeiten und Stockstrafen, traf es wiederholt den Faultisch. Hier mühte sich Friedemann, der Sitzenbleiber, der eigentlich ins achte Schuljahr gehörte, immer noch mit dem Lesen und Schreiben des dritten Schuljahrs ab. Er konnte es einfach nicht. Und Singen konnte er auch nicht. Aber alle mochten Friedemann, denn er war groß, gutmütig, nie böse und er hatte Hände, die doppelt so groß waren wie die Hände der übrigen Schulkameraden in der Schule, und vor den Händen hatten alle Respekt.

Die Stimme Herrn Klossmanns mit seinem gefürchteten, schneidenden »Komm vor« dringt eines Morgens wie immer unheilkündend durch den Raum, weiß doch jeder, dass es wieder Stockstrafe geben würde. Aber noch niemand ahnt, dass dieser Morgen vieles verändern und allen sehr lange im Gedächtnis bleiben würde.

Friedemann tritt wie immer ruhig, ohne Regung vor, es ist nicht seine erste Strafe. Er blickt ohne Angst, fast gleichgültig erst auf den Stock in der Hand des Lehrers, streckt seine große Hand bereitwillig nach vorn und schaut dann erwartungsvoll zu Herrn Klossmann. Der ergreift wie immer, das Gesicht in Wut verzerrt, das Kinn verschoben, mit der

Linken das Handgelenk Friedemanns und das kurze Geräusch des Schlages verliert sich kaum hörbar in der großen Hand, die, im Moment, als sich der Stock in die Handfläche gräbt, diesen fest umschließt und nicht mehr freigibt.

Es scheint fast so, als sei die Hand mit dem Stock fest verwachsen. Sie löst sich auch nicht, als Herr Klossmann den Stock am anderen Ende hin zu sich zieht. Nur der Arm Friedemanns gibt ein wenig in Richtung des zerrenden Lehrers nach, um gleich darauf zurück in die andere Richtung zu gehen. So geht es hin und her, und Wenzel kommt es vor wie das sich vor und zurück bewegende Gestänge an den Rädern einer Dampflokomotive.

Hin und her, hin und her, vor und zurück, beide halten fest, und das Gesicht Herrn Klossmanns verzerrt sich noch mehr, dann stolpert er ein wenig vornüber und plötzlich löst sich seine Hand vom Stock, während er sich mit der anderen Hand an die linke Brustseite fasst, dort wo in der kleinen Tasche immer ein Füllfeder steckt.

Ohne einen Laut sinkt er in sich zusammen, aber noch ehe er der Länge nach zu Boden fällt, greift Friedemann mit seiner Hand, die zuvor noch geschlagen wurde, unter die Achsel das Lehrers, verhindert, dass er auf dem harten Parkettboden aufschlägt. Eine weitere helfende Hand eines der »Großen« vom Faultisch, der herbeispringt, greift unter die andere Achsel des Lehrers, und beide helfen ihm vorsichtig wieder auf.

In die atemlose Stille der Klasse dringt dann das leise, schleppende Schlurfen der blanken Lederschuhe Herrn Klossmanns auf dem Parkett, als die beiden Sitzenbleiber ihn links und rechts stützend, vorsichtig, Schritt für Schritt vom Klassenraum in die obere Etage, in die Lehrerwohnung bringen. Herrn Klossmann werden die Schüler seit diesem Tag nicht mehr wiedersehen ...

Einige Tage später kam dann ein anderer Lehrer an die Schule und übernahm den Unterricht. Herr Kastner, noch jung, kaum dreißig Jahre alt und zunächst war es so, als wäre die Luft im Klassenraum leichter und alle gingen auch irgendwie leichter in den Unterricht. Herr Kastner war freundlich, selten laut, und auch die alte Sitzordnung wurde wiederhergestellt. Es war eine Stimmung, wie man sie sich jeden Tag wünschte.

Doch diese Stimmung verblasste mehr und mehr, als die ersten Wochen vergangen waren, sie verlor sich nahezu gänzlich hinter der großen Gestalt Herrn Kastners, wenn er die Klasse betrat; denn hinter der immer weniger freundlichen Miene seines Gesichtes und dem gekräuselten, blonden Haar kamen immer mehr, oft schon durch geringe Anlässe angestoßen, jähzornige Ausbrüche zum Vorschein, die in der Klasse ebenso gefürchtet waren wie die Strafen zuvor bei Herrn Klossmann.

Und Herr Kastner wurde meistens wütend bei denen, die er nicht ausstehen konnte, die unaufmerksam waren, störten, ihre Hausaufgaben nicht machten oder zu langsam im Denken waren. Es konnte aber auch etwas ganz Geringfügiges sein, ein versehentlich heruntergefallenes Buch, welches dann ein lautes Geräusch verursachte, um Kastners Jähzorn zum Ausbruch zu bringen. Oder es war ein Atlas, der über den Tisch geschoben wurde, weil jemand seinem Schulkameraden helfen wollte, der seinen Atlas vergessen hatte. Herr Kastner warf dann auch gern gezielt mit dem, was gerade greifbar war, auf Störer und Unaufmerksame, die leise schwatzten oder flüsterten. Mal war es ein Schlüsselbund, ein Stück Kreide, ein Bleistift oder anderes.

Eines Tages ist es der dicke Zeigestock, den Herr Kastner wie einen Speer über die Köpfe hinweg durch den Klassenraum schleudert. Das Ziel, der letzte Tisch, direkt an der Wand, wo auch Wenzel sitzt.

Der flüstert gerade noch etwas laut mit Gottfried, der ihm am Tisch gegenübersitzt, als der Stock zwischen ihren Köpfen hindurch – in der Höhe gerade dort, wo er sie seitlich am Kopf hätte treffen können, wäre er nur wenig nach links oder rechts geflogen – mit einem Knall und knirschenden Schlag gegen die verputzte Wand des Raumes prallt und ein handgroßes Stück herauslöst, das polternd herunterfällt. In einer Staubwolke verteilt sich der zerbröselnde Putz, rieselt auf den Tisch und die aufgeschlagenen Seiten der Schulhefte.

Mit aufgerissenen Augen und Mund, bewegungslos vor Schreck und Angst, schauen sie sich gegenseitig ungläubig an. Fast wagen sie nicht mehr zu atmen. Keiner hat an diesem Tag mehr geflüstert …

Meistens kamen Herrn Kastners Ausbrüche unverhofft, ohne Ankündigung. Anders als bei Herrn Klossmann, der vor irgendwelchen Strafen die Stimme lauter werden ließ, reagierte Herr Kastner plötzlich, wenn kaum jemand damit gerechnet hatte. So schlich er sich manchmal bei Klassenarbeiten, ohne dass er bemerkt wurde, hinter vermeintlich unaufmerksame Flüsternde und schlug unvermittelt zu. So bekam eines Tages Horst Hartmann, den er für den Lautesten hielt, von hinten eine Ohrfeige, die so heftig war, dass sein Kopf auf dem Tisch aufschlug und er danach tagelang kaum noch normal hören konnte.

Und so war Herrn Kastners Unterricht bald berüchtigt und gefürchtet. Gefürchtet war er auch für seine Gemeinheit und Gnadenlosigkeit, wenn er einen Schüler ausgiebig drangsalieren konnte. Deshalb war nichts schlimmer, als nach vorn an die Tafel zitiert zu werden, wie Sigmund, der nicht dumm war, sondern nur etwas langsam denken konnte und nun schon eine Weile mit hochrotem Kopf vor der leeren Tafel stand. Herr Kastner, wie meistens in weißem Hemd und grauer Hose, den Rohrstock wie eine Reitgerte in der Hand, mit kurzen Handbewegungen gegen sein Hosenbein schlagend, wartet. Mit dem Fuß tippt er dabei ungeduldig auf den Parkettboden.

»Wird's bald … wird's bald?« Kastners Stimme ist zorngeladen, wird noch ungeduldiger, dabei verzieht er das Gesicht zu einem künstlichen, falschen Lächeln und hebt seine Stimme noch mehr: »Wird's bald, na, wird's bald?« Das kurze Klatschen des Stockes wird schneller, lauter. Dann geht der Stock zu Sigmund, klopft mit kurzen Bewegungen einige Male gegen seinen Hosenboden, und Kastner lächelt, weiter künstlich, falsch.

»Wird's bald? … hast dir wohl vor Angst schon in die Hose gemacht, was? Es stinkt hier schon wie eine Stinkdrüse! Ich hab gesagt, du sollst schreiben, wird's jetzt bald was??« Kastners Stimme wird noch lauter und Sigmund steht zitternd, bringt keinen Ton heraus und seine Hand mit der Kreide zeigt noch immer schreibunfähig zu Boden.

Herr Kastner wartet, starrt Sigmund, der mit dem Gesicht zur Tafel steht, weiter künstlich grinsend an. Eine ganze Weile ist außer dem Klatschen des Stockes gegen das Hosenbein und das Tippen der Fußspitze auf dem Fußboden nichts zu hören. Dann enden die Geräusche des Stockes und des Fußes, das gemeine Lächeln in Herrn Kastners Gesicht weicht seiner üblichen unfreundlichen Miene und in die atemlose Stille der Klasse dringt dann endlich sein lautes »Sechs! Sechs ... setzen« wie eine Erlösung, nicht nur für Sigmund ...

Herr Kastner verteilte gern eine Sechs, besonders für schlechte Schrift in Klassen-oder Hausarbeiten, die er dann, indem er die Hefte vor die Schüler auf die Tische warf, lautstark mit einem Kommentar versah.

Einmal war es dann die »Sauklaue«, die nicht selten mit Strafarbeiten belegt wurde, und das hieß, zehn Seiten den Satz schreiben: »Ich soll schöner schreiben« oder, wenn einer zu laut schwatzte, zehn Seiten: »Ich darf den Unterricht nicht stören.«

Wurden die Strafarbeiten am anderen Tag nicht

vorgelegt, gab es in aller Regelmäßigkeit zwei oder drei Schläge mit dem Rohrstock. Dann bellte Herr Kastner immer lautstark den Nachnamen in den Raum, er sagte immer nur die Nachnamen, und Schläge gab es dann, damit es jeder gut sehen konnte, vor der Tafel.

So war der Rohrstock allgegenwärtig, der nie seinen Schrecken verlor und Alltag im Unterricht war. Und Herr Kastner benutzte ihn allzu gern. Einmal waren es die nicht erledigten Strafarbeiten oder es waren Füße, die nicht sorgsam unter dem Tisch waren, sondern neben dem Tischbein oder neben dem Stuhl in den Raum ragten und über die eines Tages jemand stolperte, was dann ebenfalls mit dem Stock bestraft wurde. Es gab immer einen Grund, ihn einzusetzen. Das musste auch Anika erfahren, als sie wegen eines vergessenen Heftes nach vorn kommen muss.

»Dorgmann, herkommen!« Lehrer Kastners Stimme wie immer laut, lässt nicht zweifeln, dass er wieder schlagen wird. In die Hände. Bei den Mädchen immer in die Hände. Anika, mit langen blonden Zöpfen, immer still, als würde sie immer über etwas nachdenken, geht ruhig nach vorn, streckt ihre Hände aus und Herr Kastner schlägt, zweimal. »Setzen!«, brüllt er dann und als sie sich bereits umgedreht hat und zu ihrem Platz zurückgeht, immer noch ruhig, ohne einen Laut, sieht nur die Klasse, auch Wenzel, der Anika sehr mag, ihre großen Augen und ihre Tränen …

So wurde es manchmal als eine kleine Erleichterung empfunden, nicht in Kastners Unterricht, sondern in die wöchentliche Singstunde gehen zu können, und die fand nach dem Weggang von Herrn Klossmann wieder bei Fräulein Steinkamp statt, die irgendwann Frau Meierhoff wurde, weil sie inzwischen in den Sommerferien geheiratet hatte. Viele aber gingen auch nicht gern zu Frau Meierhoff in die Singstunde, denn nur zu gut wusste jeder, wie schnell sie Ohrfeigen verteilen konnte.

Hinter vorgehaltener Hand tuschelten einige »Große« aus der Klasse, sie sei inzwischen durch die Heirat weniger zornig geworden und dass es nun weniger Ohrfeigen geben würde, was sich aber bald als Irrtum herausstellen sollte.

Zu Beginn jeder Singstunde nahmen alle für das erste Lied Aufstellung im hinteren Teil des Raumes. Das geschah wie immer mit einiger Unruhe. Da es keine Aufstellungsordnung gab und möglichst keiner vorn stehen wollte, gab es immer kleine Rangeleien. So boxte einer dem anderen den Ellbogen in die Seite, der Nächste schubste den anderen nach vorn oder wieder zurück und so fort, während Frau Meierhoff mit erhobener Hand, bereit zum Dirigieren, den ersten Ton von »Von allen blauen Hügeln …« anstimmte.

Und schon während ihre Hand mit den beiden gestreckten Fingern im Takt in der Luft tanzt, die ersten Stimmen die Fortsetzung des Liedtextes singen »… reitet der Tag ins Land …«, sich die Unruhe hinten noch immer fortsetzt, kriecht erneut diese unheilkündende Röte ihren Hals hinauf. Nicht nur Wenzel, der inmitten der störenden Schar steht, weiß, was das bedeutet. Aber niemand sonst scheint darauf zu achten.

Ein paarmal wedelt ihre Hand noch taktgebend durch die Luft, dann hat Frau Meierhoff den vermeintlich größten Unruhestifter ausgespäht. In der Zeitspanne eines Atemzuges und dreier Riesenschritte durch den Raum, die fast so aussehen, als sei es ein einziger, riesiger Schritt, ist sie zwischen den Störern, und ihre gerade noch schwenkende Hand erteilt dem erwählten Störenfried Ottfried Wellmann in blitzartiger Schnelle eine Reihe heftiger Ohrfeigen. Ob er wirklich der Schuldige war, keiner fragte danach.

Manchmal traf es auch den Falschen, aber eigentlich war das egal, denn irgendwann war ohnehin jeder einmal an der Reihe. So traf es diesmal Ottfried, das nächste Mal Winfried, Manfred, Helmut oder Wenzel. Frau Meierhoff fand immer einen Grund, ein paar Ohrfeigen zu verteilen. So stellte sich bei allen die Vorstellung ein, dass sie an nichts anderes als an Ohrfeigen dachte.

Gewiss auch an dem Tag, als Wenzel in der Pause vor der Schultür ein Lied, das er im Radio gehört hatte, vor sich hinsingt: »... ich weiß was, ich weiß was, dir fehlt!« Und Frau Meierhoff, sie tritt gerade aus der Tür, meint, sie wüsste, was ihm fehle, wohl ein paar anständige Ohrfeigen! Wenzel versteht nicht, für Singen ein paar Ohrfeigen? Er fühlt nur wieder den großen Kloß im Hals, denkt an ihre knochigen Hände und sein Mund bringt keinen Ton mehr heraus ...

Eines Tages lagen, bevor Frau Meierhoff die Klasse betrat, zwei Zigarettenstummel auf ihrem Pult. Zwei der »Großen« aus dem achten Schuljahr hatten sie unter dem Fenster des Lehrerzimmers aufgesammelt und auf das Pult gelegt. Ärgern wollte man Frau Meierhoff damit, das jedenfalls hatten sich die beiden, Kurt Brinkhaus und Edgar Schulte, vorgenommen, als sie grinsend, beifallheischend in die Runde schauten und schnell, bevor sich die Tür öffnete, die Zigarettenkippen auf das Pult legten. Jeder wusste, dass Frau Meierhoff in den Pausen heimlich im Lehrerzimmer rauchte. Und weil es ein so »großes Geheimnis« war, musste man sie einfach damit ärgern, das stand für einige fest.

Gespannt, was nun passieren würde, schauten alle gebannt, einige auch ein wenig ängstlich auf die Klassentür, durch die wie immer Frau Meierhoff eintrat und geradewegs auf das Pult zuging. Dann geschah etwas, was niemand erwartet hätte. Nämlich nichts Außergewöhnliches, zunächst nichts.

Frau Meierhoff, wieder in blauer Strickjacke, legte ihre Mappe mit einigem Abstand zu den Zigarettenstummeln auf das Pult und begann den Unterricht in Naturkunde, als wäre nichts geschehen. Über die Stummel sah sie hinweg oder vorbei und fast sah es so aus, als hätte sie sie nicht gesehen. In ihrem Bemühen, an den zerdrückten Zigarettenresten in gehörigem Abstand vorbeizusehen, saß Frau Meierhoff fast bewegungslos, geradeaus auf die Klasse schauend, hinter ihrem Pult.

Ihren Kopf ein wenig zu hoch gehoben, strengte sie sich an, keinesfalls nach unten und nach links zu blicken, dorthin, wo die Stummel lagen. Nur an dem winzigen Beben und an einem anderen Ton in ihrer Stimme war zu merken, dass bereits ein gewaltiger Zorn in ihr war. Aber noch hatte sie die Übeltäter nicht ausgemacht, doch die nächste Gelegenheit, sich für diese Unverschämtheit – es war sicher, dass sie das dachte – zu bedanken, bot sich bald.

Im Fach Naturkunde war nämlich der menschliche Körper Gegenstand des Unterrichtes von Frau Meierhoff, und indem eifrig in einem Schulbuch die zugehörigen Knochen des Skelettes beschriftet wurden, kritzelten einige derer, die immer auffielen, in ihr Heft ein Oval mit einem Strich und einem Punkt in der Mitte.

Schon seit einiger Zeit prangte dieses Zeichen, mal gut, mal schlecht hingekritzelt an der Wand des Gasthofes, an der Kirchenmauer, an der Mauer des Schulhofes, immer gerade dort, wo es gut sichtbar war, mit weißer Kreide auf dunklem Grund oder mit schwarzem Stift an hellen Wänden. Sogar an einem Baum, in die Rinde geritzt, im nahen Wald. Irgendjemand hatte eines Tages damit angefangen und die Nächsten machten es nach.

Niemand wusste, wer denn die »Schweinereien« an die Wände gebracht hatte, über die sich ein paar Erwachsene kopfschüttelnd aufregten, sollten die Zeichen doch etwas darstellen, worüber man nur hinter vorgehaltener Hand sprach. Es war das, was nur die Mädchen zwischen den Beinen hatten, jedenfalls sollte das so aussehen, und jeder wusste, was es zu bedeuten hatte.

Und deshalb konnte man mit solch einem Zeichen nicht nur die Mädchen ärgern, sondern auch Frau Meierhoff, die – nachdem Irene Zeitler ihren Tischnachbarn Helmut verpetzte: »Frau Meierhoff, … der Helmut malt ›Schweinereien‹ in sein Heft« – in Rage geriet und sich daraufhin nicht nur für die »Schweinerei« mit einer Reihe kräftiger Ohrfeigen bedankte, sondern auch für die Zigarettenstummel, für die sie noch keinen Schuldigen ausgemacht hatte.

Dass es wieder einmal den Falschen traf, was die Zigarettenstummel anging, war egal und nicht wichtig, Hauptsache, der Zorn Frau Meierhoffs war verraucht und der Frieden für diesen Tag wiederhergestellt, vielleicht bis zur nächsten Singstunde …

Und die beiden Übeltäter Kurt und Edgar feixten und freuten sich, dass es nicht sie, sondern den Falschen getroffen hatte und dass sie Frau Meierhoff richtig geärgert hatten.

Irgendwann gab es für kurze Zeit, vielleicht ein- oder zweimal auch beim Singen keine Ohrfeigen, als zwei besondere, neue Lieder gelernt werden mussten. Eine Feierstunde stand bevor, warum wusste niemand genau, und so war dann das Einüben, bei dem auch schon mal ein wenig Feierlichkeit geübt wurde, das hieß für alle sich brav hinstellen und stehenbleiben, eine sehr willkommene Abwechselung. Die Ankündigung, dass es nach der Feier schulfrei geben sollte, spornte sogar die an, die sonst zum Singen wenig Lust hatten.

An dem bewussten Tag hatte jeder seinen Hals gewaschen, trug jeder ein sauberes Hemd, die Junisonne schien warm und hell, und nach der feierlichen Aufstellung, dem Gesang der Lieder »Einigkeit und Recht und Freiheit« und »Wir wollen sein ein einig Volk von Brüdern …« und nachfolgender feierlicher Ansprache des Schulleiters Herrn Rehlig, den niemand richtig verstand, gab es, wie erwartet, schulfrei, das Wichtigste überhaupt, und der Tag ohne Schule war noch lang und der Wald so nah …

Eines Morgens im Mai kam Winfried Stegenkamp schon sehr aufgeregt in die Schule. Tuschelte nach links und rechts, und Herr Kastner schaute schon reichlich ärgerlich. Irgendwas hatte er zu berichten. In der Pause machte die Neuigkeit dann die Runde. Tommies seien da, auf der Wiese hinterm Bäcker. Und er hätte sie gesehen, als er auf dem Weg in die Schule war.

Das war eine Nachricht, die viele in Aufregung versetzte. Tommies, das hieß Soldaten in Uniformen, grünen Lastwagen, Panzer, Jeeps und Waffen. Und wenn man Glück hatte, verteilten sie Bonbons und Schokolade. Unruhig fieberten etliche dem Ende der Schule entgegen, der an diesem Tag ausnahmsweise ohne Stockstrafen vergehen sollte.

Kaum war der schrille Klang den Schulglocke, die das Ende des Unterrichtes ankündigte, verklungen, ging es direkt, ohne diesmal zu trödeln oder die Mädchen zu ärgern, zur Wiese, wo die Tommies ihr Lager aufgeschlagen hatten. Nicht dass sich Enttäuschung breitgemacht hätte, aber Panzer waren nicht da. Jedoch zwei kleinere Lastwagen mit kleinen Anhängern, ein Jeep und vielleicht zehn Soldaten unter Tarnzelten. Ein paar saßen auf der Ladefläche eines der Lastwagen, hatten messingfarbene Konservendosen in der Hand und löffelten daraus.

Einer winkt mit seinem Löffel und sagt etwas, das sich anhört wie »Kommen!« Dabei grinst er, fasst in seine großen Taschen auf dem Oberschenkel seiner Uniform und holt eine Handvoll herrliche, runde, in Cellophan umhüllte verschiedenfarbige Fruchtbonbons heraus und streckt sie der Schar entgegen. »Hier, is for you!«

Winfried, der Größte und Mutigste, hält beide Hände auf und der Soldat füllt sie. Ungläubiges Staunen über so viele Bonbons lässt alle Augen strahlen.

Und nun grinsen alle Soldaten und einer holt eine Schokolade aus einer Tasche, die er am Gürtel trägt.

Niemand hatte zuvor eine solche herrliche, dicke, in rotglänzendes Papier eingepackte Schokolade gesehen. Der Soldat bricht sie in mehrere Stücke, winkt dann alle heran und schnelle Hände greifen zu. Es fühlt sich an wie ein Fest und nun grinsen alle Soldaten über das ganze Gesicht. Einer von ihnen sagt dann, indem er Wenzel freundschaftlich eine Hand auf die Schulter legt: »Hast du nicht ein großer Swester, sie soll kommen hier!« Wenzel bejaht natürlich, obwohl er keine Schwester hatte. Aber klar, alle hatten ein *großer Swester* und das versprach eine noch größere Menge Bonbons.

Ein paar Tage vergingen, die Schule war Nebensache und jeden Tag ging es zu den Tommies. Was sie dort eigentlich den ganzen Tag machten, wusste niemand, und es fragte auch niemand danach.

Es gab immer wieder Bonbons, wenn auch nicht so viele wie am Anfang, dafür gab es herrlichen Rosinenkuchen aus Dosen und man konnte unter dem Tarnzelt, auf der Ladefläche der Lastwagen oder im Jeep sitzen oder einfach zuschauen, wenn die Soldaten ihre Gewehre putzten.

Dann brachen sie plötzlich auf. Alles wurde verstaut, die vielen geleerten Dosen wurden vergraben in einigen Löchern in der Wiese, die plötzlich ohne Soldaten, ohne Fahrzeuge war wie zuvor. Tags darauf waren die Soldaten dann in der Nähe des Mühlenhofes noch einmal zu sehen mit anderen Wagen und Panzern, die plötzlich mit ohrenbetäubendem Schießen vom Wald her über den Hof ratterten. Von allen Seiten kamen nun knatternde Gewehrsalven und in kurzer Zeit legte sich bläulichweißer Rauch wie Nebel über die Landschaft, Menschen und Fahrzeuge.

So ging es noch eine ganze Weile. Es wurde in die Luft geschossen, Panzerketten zerwühlten einige Felder, Wiesen und Wege, und dann kehrte erneut Ruhe ein und damit auch der Schulalltag. Alle Fahrzeuge verschwanden, als wären sie nie dagewesen.

Was blieb, war eine unauslöschliche Erinnerung an Bonbons, Schokolade, freundliche Tommies und heftiges, angstmachendes Schießen, obwohl nicht mit richtigen Patronen geschossen wurde. Aber es war dieser entsetzliche Lärm der Kanonen und Gewehre, vor dem man sich schon fürchten konnte. Wenzel hatte alles von Weitem, von der Haustür aus gesehen, und nun war er froh, dass alles vorbei war.

Dieses Schießen war etwas ganz anderes als das Abdrücken eines Luftgewehres, das so mancher zu Hause hatte und damit herumschoss. Es wurde ziemlich viel geschossen. Manche schossen auf Spatzen, andere auf Drosseln, Tauben, Mäuse, Ratten. Jäger schossen mit ihren großen Jagdgewehren auf Rehe, Kaninchen, wildernde Katzen und manchmal auf Hunde, die im Wald herumliefen.

Der Versehrte Franz Ressler hatte mehrere Gewehre und meistens schoss er oberhalb des Schulweges mit einem Kleinkalibergewehr von seinem Versehrtenwagen auf ein Bäumchen, an den eine Zielscheibe genagelt war, so lange, bis die noch junge Eiche nahezu durchlöchert war.

Als ein Schuss von irgendwoher eines Tages bei einem entfernten Nachbarn die Fensterscheibe zertrümmerte, blieb es für alle, auch die Polizei, ein Rätsel, wer den Schuss abgegeben hatte. So wurde danach, als sich alle beruhigt hatten, weitergeschossen.

Klaus Hettmeier, der in der Mühle arbeitete, zielte, wenn er Lust hatte, gerne auf bunte Stieglitze, die sich im Kornfeld hinter der Mühle ein paar Körner holten. Hatte er getroffen, schmetterte er den Vogel, wenn er ihn fand, anschließend noch auf die Erde, damit er wirklich tot war, und der Mühlenbauer schoss sich manchmal eine Ente auf seinem Teich. Manchmal wurde eine Ente auch kurzerhand mit einer Stange erschlagen.

Und Wenzel hasste alle dafür, dass sie die Vögel und andere Tiere totschossen, erschlugen oder draußen junge Ferkel kastrierten, die dann danach entsetzlich laut quiekend herumliefen. Manchmal musste er es mit ansehen, wenn er gerade von der Schule auf dem Weg nach Hause war. So auch das Ereignis, das an einem milden Wintertag geschieht, als Wenzel und einige andere sich nach der Schule zum Eislaufen auf dem Mühlenteich einfinden.

Der Mühlenbauer kommt in graugrüner Arbeitsjacke, abgewetzter Manchesterhose und dicken Arbeitsschuhen vom Hundezwinger, der hinter der Hofmauer liegt, zum Teich. Er hält ein Gewehr in der einen Hand und in der anderen eine Leine mit seinem hinkenden Jagdhund. Wenige Meter vom Ufer des Teiches entfernt, dort, wo sich gerade alle die Schlittschuhe unterschrauben, bindet der Bauer den Hund mit ganz kurzer Leine an ein Bäumchen. Dann sehen und hören alle, wie er eine Patrone in den Lauf schiebt und das Gewehr schussbereit macht. Er zielt aus wenigen Zentimetern Entfernung auf den Kopf den Hundes und erschießt ihn.

Danach machte das Eislaufen keinen Spaß mehr. Und Wenzel dachte an Herrn Rehlig, der im Unterricht häufig erzählte, wie schön es doch sei, mit Gewehr und Jagdhund in den Wald zu gehen …

Die wöchentliche Sportstunde auf dem Schulhof bei Herrn Kastner begann eigentlich mit recht guter Stimmung. Völkerball sollte es geben. Bis auf wenige, die vor dem Abwerfen Angst hatten, vorwiegend die Mädchen, freuten sich die meisten auf das Spiel.

Selbst Herr Kastner zeigte sich in aufgeräumter, besserer Stimmung als im Unterricht in der Klasse. Und weil er, anders als sonst, nicht im Befehlston herumkommandierte, sondern freundlich und ruhig seine Anweisungen gab, trauten sich sogar einige »Große« ihn spaßhaft beim Vornamen zu nennen, was Herr Kastner dann überhörte. Er war nicht einmal ungehalten darüber.

Nichts deutete darauf hin, dass die Stunde anders ablaufen würde als sonst. Wenzel holte das Netz mit den Bällen aus dem Nebenraum, wo die Sportgeräte aufbewahrt wurden, ein anderer kratzte mit einem Stock die Spielfeldlinien in den steinigen und staubigen Boden des Schulhofs, zwei andere trugen die Eckfahnen heran und andere ärgerten wie immer die Mädchen, die eigentlich keine Lust oder Angst hatten mitzuspielen.

Unweit, einige Meter von den Steinstufen, die zur Haupttür der Schule hinaufführten, soll der eine Holzstab mit dem rot-weißen Fähnchen mit der eisenummantelten Keule eingeschlagen werden. Aufgabe für Arno, der wie immer noch nicht richtig bei der Sache ist und lieber ein wenig herumalbert. Eine Eckfahne in der Hand hampelt er mal hier, dann an anderer Stelle und überhört Kastners Stimme, die ihn auffordert, die Fahne einzuschlagen. Herr Kastner runzelt wie immer, wenn Ärger in ihm aufkommt, die Stirn, als er sieht, dass Arno ihn anscheinend nicht gehört hat oder so tut, als hätte er nichts gehört.

Wenzel, zurück aus dem Nebenraum, das Netz mit den Bällen in der Hand, sieht das ärgerliche Gesicht Herrn Kastners und flüstert Arno leise zu, ohne dass es Herr Kastner merkt: »Los, schnell, schlag die Fahne ein!«, aber Arno hört noch immer nichts.

»Du sollst die Fahne einschlagen!« Herrn Kastners Stimme klingt jetzt ärgerlicher, gereizter, weil Arno immer noch keine Anstalten macht, die Keule aufzuheben und die Fahne, die er in der Hand trägt, in die Erde zu schlagen. Als hätte er noch immer nichts gehört, hampelt er wie ein Kasper sogar noch herum, als Herr Kastner bereits vor ihm steht, in seiner Hand die Keule, die er statt Arno vom Boden aufgenommen hat, die andere Hand in die Seite gestemmt.

»Ich hab gesagt, du sollst die Fahne einschlagen«, schreit Kastner diesmal, hebt die Keule wie zum Schlag. Arno hebt schützend die Arme, die Eckfahne fällt neben ihm auf die Erde und Herr Kastner schlägt, indem er sich nach unten beugt, mit der Keule erst gegen das eine und gleich darauf gegen das andere Knie Arnos, der daraufhin mit Schmerzschreien zu Boden fällt.

»Hab ich nicht gesagt, du sollst die Fahne einschlagen, habe ich es nicht gesagt, was?!« Herr Kastners Stimme überschlägt sich im Jähzorn: »Hab ich es nicht gesagt?«, und schlägt weiter auf den Liegenden ein, mal links an das Knie, dann rechts, dann in die eine Kniekehle und in die andere, bis Arno wimmernd neben den Steinstufen auf dem staubigen Schulhof liegt.

Alle stehen wortlos, scheinen wie erstarrt. Dann ist Herr Kastners Zorn plötzlich wieder vorbei, und zu Wenzel gewandt: »Los, du schlägst die Fahnen ein!«

Wenzel, innerlich zitternd, schlägt die Fähnchen ein, Arno sitzt immer noch schmerzgekrümmt auf dem Boden und das Spiel geht seinen Gang, mit wenig Freude und ohne Arno …

Eines schönen Tages im Sommer wurde der Dorf- und Schulalltag durch ein aufregendes und für alle unglaubliches Ereignis, über das noch lange gesprochen wurde, aufgerüttelt. Zwei Räuber hatten die Sparkasse unweit der Schule überfallen und das gesamte Geld erbeutet.

Herr Graumann, der freundliche Sparkassenleiter, der immer seine schöne Unterschrift in die roten Sparbücher schrieb, wenn der grüne Sparkasten in der Schule geleert wurde und sich das Guthaben der Sparbücher um ein paar Groschen erhöht hatte, musste sich der Gewalt der vorgehaltenen Waffe beugen und den Tresor öffnen. Nun war das Geld weg und einige hatten Angst, dass ihr Gespartes aus dem Sparkasten für immer verloren war.

Da wünschten sich doch viele in der Schule Kalle Blomquist der Meisterdetektiv zu sein, der im Film jeden Fall mit seinen Freunden im Handumdrehen löste. Viel Glück hatten die Räuber auch ohne Kalle Blomquist nicht, nachdem sie mit ihrem zweiten Auto, das sie am Steinbruch abgestellt hatten, geflüchtet waren. Schon kurze Zeit später war ihre Flucht zu Ende und sie wurden, wie man im Dorf erzählte, in einer großen Stadt festgenommen.

Nicht nur in den Schulpausen gab es danach ein neues Spiel. Die einen waren Detektive oder Polizisten und die anderen Sparkassenräuber. Und Wenzel, obwohl er es nicht wollte, gehörte fast immer zu den Polizisten …

So lief die Zeit und später, mit Beginn wieder mal eines neuen Schuljahres, veränderte sich der Unterricht hier und da. Erdkunde, Sport und Werken weiter bei Herrn Kastner, Singen und Naturkunde bei Frau Meierhoff und die anderen Fächer gab Schulleiter Herr Rehlig. In Ehren ergraut und seit Jahrzehnten im Schuldienst, war Herr Rehlig die Respektsperson, der alle mit einer gewissen Ehrfurcht begegneten.

Stock und Ohrfeigen gehörten nicht so häufig zu seinem Unterricht. Er liebte und lehrte Gedichte von Goethe, Schiller, Fontane, Uhland, mochte Annette von Droste Hülshoff. Er bewunderte den Freiherrn vom Stein, Götz von Berlichingen und vor allem mochte er den Sonnenkönig Ludwig den Vierzehnten, die französische Revolution, die französische Sprache und den Alten Fritz. Und im Fach Raumlehre war es die Raute und das Rhomboid.

Und Herr Rehlig liebte das Fach Heimatkunde, schließlich war er Vorsitzender des Heimatvereins, liebte den Wald, war passionierter Jäger, der in der Natur in der nahen Umgebung des Dorfes seine Erholung suchte.

Allzu gern ließ sich Herr Rehlig hin und wieder über Fragen von Wild und Natur für eine gewisse Zeit vom Unterricht ablenken. Man durfte es aber nicht übertreiben, denn er merkte sonst, dass man nur Zeit schinden wollte, um weniger geliebten Rechenaufgaben zu entgehen; dann wurde Herr Rehlig auch etwas ungnädig.

Wenn Herr Rehlig nicht gerade etwas an die Tafel schrieb, saß er meistens hinter seinem Pult, häufig im karierten Hemd mit waidmanngrüner Strickweste und graugrüner Hose, entspannt, die Beine übereinandergeschlagen, das Lesebuch in der vom vielen Pfeiferauchen tabakqualmgebräunten Hand. Über den Rand seiner großen Brille mit dunklem Rand schaute er mehrmals in die Runde, dann in sein Buch, abermals in die Klasse, und schließlich rief er diejenigen auf, die mit dem Lesen beginnen mussten.

Dann ging es reihum, Lesen üben. Häufig waren das Gedichte. Erst wurde gelesen, dann hieß es auswendig zu Hause lernen.

Als Vorbereitung für den Besuch des Stückes Wilhelm Tell auf der Freilichtbühne stand dann auch das Drama als Lese- und Sprechübung auf dem Unterrichtsplan.

Spannungsgeladen, eine nicht wirkliche Armbrust im Anschlag, stand Herr Rehlig vor seinem Pult, zielte und sprach dabei ergriffen Worte, die allen irgendwie bedeutungsschwer in Erinnerung blieben: »Durch diese hohle Gasse muss er kommen, es führt kein anderer Weg nach Küssnacht, … ich lebte still und harmlos, … das Geschoss ward auf des Waldes

Tier nur gericht ...!«

Nach dieser Einführung, der alle atemlos lauschten, alle in Herrn Rehlig den Schützen Wilhelm Tell sahen, denn Herr Rehlig war ja nicht nur Lehrer, sondern auch Jäger, wurden kleine, gelbe Büchlein verteilt und dann begann das ungewohnte Lesen in verschiedenen Rollen.

So waren die Wochen darauf im Deutschunterricht gefüllt mit holperigem Lesen durch die Akte und Aufzüge, mit Erfassen der anstrengenden Dialoge der Eidgenossen, eines Konrad Baumgarten, Arnold von Melchtal, Werner Fürst, des Werner Stauffacher oder einer Berta von Bruneck und natürlich Wilhelm Tell und anderen. Zum Abschluss wurde noch der Vierwaldstädter See, mit hohen Bergen ringsherum oder wie ihn sich jeder vorstellte, in den Zeichenblock gemalt. Jeder schaute vom anderen ab, und die Hauptsache war, das Bild wurde fertig.

Endlich war der Tag des Besuches der Freilichtbühne gekommen. Sieben oder acht Kilometer Wanderung über den Berg, durch Wald, vorbei an Wiesen, einsamen Gehöften, steigerte die Aufregung in der Erwartung der Aufführung. Vorn gingen die Mädchen, die Lehrer vornweg und die Eifrigen, hinten die Trödeler, Wenzel ging mal vorn, mal hinten und an einigen Stellen des eingeschnittenen, mit krüppeligen

Buchen bestandenen Weges wurde schon mal die zu erwartende Handlung vorverlegt: »Durch diese hohle Gasse muss er kommen! …« Fast jeder der hinten Gehenden wiederholte den Satz und schoss mit einer unsichtbaren Armbrust, die auch mal ein Stock sein konnte. Vergessen waren die im Unterricht in den gelben Büchlein gelesenen Zwiegespräche und Handlungen. Gegenwärtig war nur der einsame Tell im Selbstgespräch vor dem Schuss auf den Tyrannen am Hohlweg.

Dann saßen alle endlich auf den langen Bankreihen in der Zuschauertribüne, und vor den Burgtoren und Ruinen der Festung ließen die in bunten Kostümen des Mittelalters gekleideten Darsteller die Welt Wilhelm Tells gegenwärtig werden. Alle warteten, der Wirklichkeit entrückt, gebannt auf die Höhepunkte, den Apfelschuss und Tells Pfeil auf den verhassten Landvogt. Endlose Handlungen und lange Dialoge vorher ließen Langeweile und dann wieder Spannung auf den Höhepunkt steigen.

Doch manchmal ließ die Aufmerksamkeit und Vorstellungskraft nach, denn die Bilder des mitternächtlichen Rütlischwurs im Mondschein und die im tosenden Unwetter stattfindende Überfahrt über den See, mit der Wilhelm Tell den gejagten Konrad Baumgarten rettet, wollten sich unter der kräftigen Julisonne über der Tribüne nur schwer einstellen.

Irgendwann dann der Satz, dem alle entgegenfieberten: »Vater, schieß, ich fürcht mich nicht«, und unter dem erleichterten Ausruf aus vielen Mündern fiel der Apfel auf den Platz zwischen den beiden Burgtoren getroffen zu Boden. Später endlich Wilhelm Tells Worte: »Durch diese hohle Gasse muss er kommen!«

Nichts war erlösender, als der Pfeil dem Tyrannen ein Ende setzte und der Landvogt getroffen vom Pferd sank.

Aufatmen und Befriedigung, der gerechten Sache beigewohnt zu haben, noch angefüllt vom Aufschrei Unterdrückter, vom Kampfgetümmel und Freudentaumel, Jubel und Sieg der Gerechten, ging es den Weg zurück.

Noch bevor der Kirchturm unterhalb des Berges das Ende der Wanderung ankündigte, sich die Nähe der Schule wieder ahnen ließ, war die Verlockung für Wenzel und Gottfried, die ganz hinten gingen, groß, einen Umweg, einen Trampelpfad hinunter über das Denkmal zu nehmen.

Heimlich, ohne dass es die Lehrer merkten, verschwanden sie. Wahrscheinlich würde es dafür abermals Strafen geben, aber die Anziehung des versteckten Ortes im Wald war übermächtig.

Es hatte keinen Namen, keine weitere Bezeichnung, es war: das Denkmal. Eine Felswand an einem verborgenen Platz mit einem großen, eingemeißelten Kreuz und daneben Namen von Männern aus dem Dorf und dahinter Russland, Rumänien …

Der steinerne Felsen, auf dem Wenzel und Gottfried dann saßen und von dem sie weit in die Landschaft schauten, war, wie sie fanden, ein besonderer, ein geheimnisvoller Ort. Jeder Gedanke an Schule und anderes Unangenehme entschwand, löste sich auf und Bilder von Winnetou, von Prärien und den Schluchten des Balkan unter ziehenden Sommerwolken waren grenzenlos …

Anderntags gab es diesmal keine Strafe für den heimlichen Ausflug, und im Unterricht ging es dann später mit anderen Gedichten weiter. Für jede Jahreszeit und manchmal Tageszeit gab es die entsprechenden Gedichte.

Und so leierten die guten Auswendiglerner im Frühjahr die Verse: »Frühling lässt sein blaues Band …«, »ich ging im Wald so für mich hin …« oder »die linden Lüfte sind erwacht …« gelesen oder auswendig gelernt, häufig in aller Geschwindigkeit herunter, während die nicht so guten Leser und Lerner nur stolpernd hinterherkamen. Aber Herr Rehlig freute sich, dass alle mehr oder weniger bei der Sache waren.

Im Laufe der Schuljahre veränderte sich nicht nur der Inhalt, sondern auch die Dramatik der Gedichte. Aufopferung und wahre Retter waren in »Nis Randers« und »John Maynard« Inhalt der Schulstunde, die Herr Rehlig rezitierend »… Krachen und Heulen und berstende Nacht, Dunkel und Flammen in rasender Jagd …«, das Lesebuch in der Rechten mit dramatischer Betonung und Geste, einer atemlosen und ergriffenen Klasse darbrachte.

Ein paar Tage darauf folgte Fontanes John Maynard, der bis zum Tode ausharrend das brennende Schiff in den Hafen von Buffalo steuerte. Hier trug Herr Rehlig nicht vor, aber er bestand auf der französischen Aussprache des Namens der Stadt Detroit. Und so sagten alle, weil er die Sprache so mochte und weil er es so vorgab: »De-tro-a!« – »Die Schwalbe fliegt über den Eriesee, von Buffalo nach De-tro-a!«

Nachdem alle auch das Gedicht John Maynard mehr oder weniger gut aufsagen konnten, folgte eine mehrere Unterrichtsstunden überdauernde Trauerdarstellung über den selbstlosen, sich opfernden Steuermann, und alle zeichneten und malten in den folgenden Tagen einen Grabstein mit zwei Trauerbirken, die ihr Blätterhaupt traurig über die Inschrift des

Grabsteins senkten: Hier ruht John Maynard.

Bevor dann aber die nächsten Gedichte gelernt wurden und nach so viel seemännischer Opferbereitschaft, die Herr Rehlig ständig betonte, gab es Spendenmarken, die die Großen in der Klasse nach dem Unterricht in der weit auseinander liegenden Nachbarschaft verteilen mussten und so Spenden für die Gesellschaft zur Rettung Schiffbrüchiger sammelten.

Im Geschichtsunterricht ging es derweil um Glanz und Pracht des Sonnenkönigs Ludwigs des Vierzehnten, die Herr Rehlig häufig schwärmerisch umschrieb. Besonders angetan hatte es ihm der Ausspruch des Königs: »L'etat c'est moi – der Staat bin ich!« Während Herr Rehlig dieses mehrmals wiederholte: »L'etat c'est moi«, und die Klasse schrieb, wie es sich anhörte, le-ta-se-moa, denn niemand sprach französisch, Herr Rehlig dabei gebieterisch vor der Tafel stehend die Arme hob, auf sich deutete, sich dabei erhobenen Kopfes aufrichtete und noch einmal sagte: »L'etat c'est moi!«, fühlte jeder in der Klasse den Hauch von etwas Großem. Und Herr Rehlig in diesen Momenten uneingeschränkt in Sprache und Gesten war **der Sonnenkönig** – »L'etat c'est moi« …

Größe in Inhalt und Umfang hatte besonders das Gedicht »Das Lied von der Glocke«. Nicht wenige stöhnten innerlich angstvoll, auch Wenzel, bei der Ankündigung, das niemals auswendig lernen zu können, weil es doch so lang war.

Der unumstößliche Tag des Beginns war dann plötzlich da und Herr Rehlig, in Gestalt und Stimme unerschütterlich, mit einem großen Stück Kreide in der Hand vor der Tafel stehend, sprach mit getragener, tiefer Stimme den ersten Vers, während er die ersten Striche einer Darstellung einer Glockengussform auf die graue Tafel zeichnete: »Fest gemauert in der Erden steht die Form, aus Lehm gebrannt!«

Strich um Strich ließ er Mauerwerk, Gussmantel, Windpfeifen und Eingussloch entstehen, wurde die Tafel unter seiner Hand der erklärte Mittelpunkt zum besseren Verständnis des Gedichtes.

Jedenfalls hatte das Herr Rehlig so zu verstehen gegeben und während er die Darstellung Linie um Linie erweiterte, sich dabei immer wieder zur staunenden Klasse wandte, Lehmziegel und Lehmmantel mit weißen Strichen Gestalt annahmen, formte seine ehrfurchtgebietende Stimme die nächsten Zeilen des Gedichtes: »Heute muss die Glocke werden, frisch Gesellen seid zur Hand!«

Nach so viel Erklärungen reichte die Deutschstunde gerade noch für die ersten acht Zeilen des Gedichtes. In den Wochen danach ging es in jedem weiteren

Deutschunterricht, Strophe für Strophe, mit den anderen nicht enden wollenden Texten weiter. Erst mit den letzten acht Zeilen: »Zieht, hebt und sie schwebt …«, nach Lesen, Auswendiglernen und Besprechen bedeutungsschwerer Verse, die etwas mit der Geschichte zu tun hatten, mit Glück und Unglück, mit Arbeit und Vergänglichkeit, atmeten alle erleichtert auf. Endlich war es geschafft, und mit den Noten Zwei bis Ungenügend hatte sich jeder an dem Gedicht beteiligt.

Ein anderes Gedicht erfreute sich indessen besonderer Beliebtheit. Nicht weil es alle gut konnten und nicht, weil es kürzer war, sondern weil Herr Rehlig es so gut vortragen konnte. Wie immer gab es am letzten Tag vor den Ferien ein Wunsch-Vorlesen, als Ausklang der letzten Unterrichtsstunde. Herr Rehlig hatte schon einmal das Lesebuch auf das Pult gelegt, rückte seine Brille zurecht und alle schauten erwartungsvoll nach vorn.

Selbst Karlheinz, den alle Ennu nannten, warum, wusste niemand, riss diesmal den Fliegen keine Beine aus und fuhr sie anschließend in einer Streichholzschachtel in Pastor Bertrichs heulendem Lloyd vierhundert zum Friedhof, und Winfried Stegenkamp hatte sich sogar den Hals gewaschen. Ines Herbke zog noch häufiger als sonst ganz aufgeregt an ihrem hellblauen Pullover, damit ihre schon nicht zu übersehenden Formen noch eindrucksvoller waren, und Herr Rehlig schlug indessen das Lesebuch auf, und in die fühlbare Erwartung der Klasse kam dann endlich die erlösende Frage:

»Was soll ich euch diesmal vorlesen?« Herr Rehlig meinte damit »vortragen«, nicht etwa nur ein Gedicht aufsagen oder ablesen. »Das Buch ist nur die Stütze«, pflegte er immer zu sagen, so auch diesmal.

Aus dem Wortdurcheinander war dann immer häufiger zu hören: »Der Zauberlehrling, der Zauberlehrling!«, »Oh, ja, bitte, Herr Rehlig, der Zauberlehrling!«

Ines Herbke war noch aufgeregter als die anderen, zog noch ein paarmal an ihrem Pullover, sagte noch ein paarmal mit kokettem Lächeln, dem Herr Rehlig selten widerstehen konnte: »Oh ja, der Zauberlehrling, bitte, bitte, der Zauberlehrling«, und dann ließ sich Herr Rehlig nicht länger bitten. Eigentlich war es vorher schon klar, dass es wieder der Zauberlehrling sein würde, aber Herr Rehlig ließ sich gerne bitten.

Das Pult hinter sich, das Lesebuch aufgeschlagen in der Linken, trat Herr Rehlig nach vorn, die große Brille ein wenig zur Nasenspitze geschoben, und blickte in die Ferne, über die Köpfe der Klasse hinweg. Der Augenblick des Beginns war gekommen. Er holt Luft, blickte langsam auf das aufgeschlagene Buch, sein Mund bereit den ersten Buchstaben zu formen, als hinten erneut unruhige Beine gegen die Tische stießen, Wortgemurmel und ein anhaltendes »Pssssst« die Stille des beginnenden Vortrags zerrissen. Abrupt ließ Herr Rehlig das Buch zusammenklappen, stellte sich straff hin und war recht ungehalten: »Also so geht das nicht, dann fällt das für heute aus, wenn hier keine Ruhe ist!«

Ines Herbkes Aufschrei war am lautesten, und sie setzte ihr schönstes Lächeln auf: »Och nein, Herr Rehlig, bitte, bitte vorlesen!«

Nun konnte Herr Rehlig nicht mehr widerstehen und klappte das Buch abermals auf, dann wurde Herr Rehlig – indem er sich in Position gestellt und ein paarmal aus- und eingeatmet hatte – **der Zauberlehrling:** »Hat der alte Hexenmeister sich doch einmal wegbegeben …«, Herrn Rehligs Hand vollzog dabei einen zustimmenden Schlenker in der Luft, »… und nun sollen seine Geister auch nach meinem Willen leben! …«

Alle starren wie gebannt auf Herrn Rehlig, der nun mit jeder neuen Zeile eine andere Haltung annimmt. Mal zusammengesunken, dann wieder aufgerichtet mit herrischer Miene und Handbewegung: »Und nun komm du alter Besen, bist schon lange

Knecht gewesen, auf zwei Beinen stehe, oben sei ein Kopf! ...«, und dann zeichnet seine Hand in der Luft einen Kopf, »... Eile nun und gehe mit dem Wassertopf!«

Kurz darauf erneut mit einem überraschten Gesichtsausdruck, staunend die Augen aufgerissen, den Kopf zwischen hochgezogenen Schultern, in den Knien eingesunken und sein ausgestreckter Arm und Zeigefinger streckt sich über die Köpfe hinweg in die Ferne. »... Seht ..., er läuft zum Ufer nieder, wahrlich, ist schon an dem Flusse ... und mit Blitzesschnelle wieder ist er hier mit raschem Gusse!«

Es war dieser laute Ausruf »seeeeht«, auf den die ganze Klasse gewartet hatte, wenn Herr Rehlig dabei in die Knie sank, etwas komisch aussah und eine Haarsträhne auf dem Hinterkopf auf und ab wippte und er eine ganze Weile so eingesunken, den Arm und Zeigefinger in Richtung der entfernten Ecke des Klassenraumes ausgestreckt mit aufgerissenen Augen und Mund, mit vom Pfeifentabak gelbgefärbten Zähnen, wie in eine weite Ferne starrend dastand.

Im Verlauf wurde Herr Rehlig dem Gedicht entsprechend auch zornig: »Willst am Ende gar nicht lassen, ... will dich halten ... und dich mit dem scharfen Beile spalten«, und seine Faust schlug, als hätte er ein Beil in der Hand, von oben nach unten durch die

Luft. Es fehlte nur noch sein Ausspruch: »bömms«, den er häufiger zur Unterstützung und Verdeutlichung eines Schlages verwendete. Diesmal aber sagte er nicht »bömms«, denn sein Hieb durch die Luft war auch ohne Worte mächtig genug.

Einige Zeilen weiter verwandelte sich Herr Rehlig in den angstvollen und jammernden Zauberlehrling mit hilfesuchenden, zur Decke gestreckten Armen, in der einen Hand das hin und her klappende Buch: »Wehe, wehe, beide Teile stehn in Eile völlig fertig in die Höhe … nass und nässer wird's im Saal und auf den Stufen … Herr und Meister hör mich rufen … die ich rief die Geister, werd' ich nun nicht los …!«

Am Ende des Gedichtes gab es wie immer keinen Applaus, zu tief waren alle beeindruckt und Herr Rehlig war es auch, wenn er sich, noch tief bewegt von den Strophen und den letzten Zeilen »In die Ecke Besen, Besen, seid's gewesen …«, wieder hinter sein Pult setzte, tief durchatmete, erst eine Weile nach oben schaute, bevor er seinen Blick nach vorn zur Klasse richtete. Nun konnten die großen Ferien endlich beginnen.

Und die begannen eigentlich wie immer. An die Schule dachte Wenzel schon auf dem Heimweg nicht mehr und der Schulweg konnte nicht kurz genug sein, um die Schultasche endlich in die Ecke werfen zu können. Sechs Wochen, eine unendlich lange Zeit, die ohne jede Verpflichtung erlebt werden wollte.

Doch lange währte Wenzels Freude über die vorausliegende Ferienzeit nicht, denn die Cousinen Celia und Hedda aus der Großstadt stellten sich auch in diesem Jahr für Wochen ein und ließen Wenzels Freude über die Zeit des Unbeschwertseins dahinschmelzen wie Schnee in der Sonne.

Wie immer hatten sie, kaum dass sie da waren, nichts Besseres zu tun, als sich über Wenzels Aussprache mancher Wörter lustig zu machen. Kaum dass sie dreimal um das Haus gelaufen waren, auf dem Rasenstück vor dem Haus radschlugen und Spagat übten, begannen sie zu verbessern.

»Das heißt nicht Kieerche, sondern Kirrche, Kirrche«, sagte die eine und die andere sagte auch: »Kirrche«, und ihr Kirrche, so fand Wenzel, hörte sich an wie Körche mit einem doppelten R. Und er ärgerte sich, dass sie ihn damit aufzogen. In der Schule im Dorf sprach niemand so, da war er sicher, auch kein Lehrer. Vielleicht sprach man so in der Stadt.

Er war gekränkt und da sich die beiden immer weiter lustig machten, erschien Wenzel der Wald, der kurz hinter dem Haus begann, als Rettung, in den er flüchten konnte, dorthin, wo die ungeliebten Verwandten ihm nicht folgten und wohin ihr »Körrche« nicht vordrang. Dort, wo sie sich nicht auskannten, wo es kein Straßenpflaster und keine Bürgersteige gab …

Weit genug weg, wo sich im Wald eine große Wiese ausbreitete und wo einst ein Holzkreuz mit einem Stahlhelm gestanden hatte. Ein Soldat sollte dort sein Grab gefunden haben. Das wurde jedenfalls erzählt, aber nur in Andeutungen, in denen es hieß, dass das Kreuz eines Tages ohne Stahlhelm war und dass das Verschwinden zu Zerwürfnissen zwischen der Familie und der Nachbarschaft geführt hätte. Niemand wusste, wer den Stahlhelm dort mitgenommen hatte. Waren es Schrott- und Lumpenhändler, die hausiernd immer auf der Suche nach Verwertbarem die Gelegenheit genutzt hatten, oder war es, wie sich später jemand heimlich äußerte, dass Opa Alfred, immer auf der Suche nach was Brauchbarem, den Stahlhelm mitgenommen und zu irgendwas verarbeitet hatte. Irgendwann hatten sich dann alle wieder beruhigt, obwohl der Helm für immer verschwunden blieb.

Jahre später wusste kaum noch jemand von der Stelle am Waldrand. Wenzel kannte den Platz des Kreuzes auch nur ungefähr vom Erzählen und er versuchte sich jedes Mal vorzustellen, wo es einst genau gestanden hatte, dort, wo der Blick über die große

Wiese bis zum anderen Waldsaum auf der anderen Seite wandern konnte, wo sich häufig Rehe in abendlicher Dämmerung einfanden und einige Jahre zuvor in der Nähe Flocke, der Familienhund sein Ende gefunden hatte, totgeschossen, wohl von einem Jäger.

Flocke lag damals da, ausgestreckt auf der Seite, als schliefe er. Nur ein rotbrauner Fleck auf dem grau-schwarz gefleckten Fell machte Wenzel schmerzlich klar, dass Flocke dort getroffen worden war und nie wieder erwachen würde. Opa Albert wischte sich ganz kurz über die Augen, bevor er der Spaten nahm und Flocke in der Erde vergrub ...

Nur wenig entfernt wurde später manchmal ein großes, aus Baumstämmchen zusammengezimmertes Kreuz aufgestellt, wo kirchliche Jugendgruppen aus den Nachbarorten ein Zeltlager aufschlugen und abends bei Feuerschein heilige Lieder sangen. Heilig, so klang es jedenfalls für Wenzel, wenn er manchmal versteckt im Gebüsch am Waldrand von Weitem zusah und den Liedern, in denen es immer um Gott und Maria ging, lauschte. Eine Erscheinung sollte es einst ganz in der Nähe gegeben haben, so wurde erzählt, und Wenzel schauderte es bei dem Gedanken, während er heimlich vom Waldrand zum Zeltlager hinüberschaute ...

Kaum jemand sonst verlief sich an diesen einsamen Platz, der Sicherheit gab und an dem man verborgen war und an dem keine lästigen Fragen beantwortet werden mussten. Wie die von Onkel Emmerich, der, wenn er zu Besuch war, immer nach der Schule fragte. So auch diesmal, als er seine radschlagenden und spagatsitzenden Kinder ablieferte.

»Wat macht denn de Schul, Jung«, fragte er auch diesmal in gepflegtem rheinländischen Dialekt, und Tante Gerda ergänzte nicht ganz passend dazu:

»Ja, ja, nicht für die Schule lernen wir, sondern für das Leben!«

»Ja, ja, alles in Ordnung«, sagte dann Wenzel, der, bevor er sich von dannen machte, noch die Zeremonie über sich ergehen ließ, als sich Onkel Emmerich wieder seiner Tasse Kaffee und dem Schnittchen, das er gekonnt kleinschnitt, widmete mit der Bemerkung, dass die Schule wichtig sei und dass er am liebsten den Kindern das Spagatsitzen verbieten würde, denn er hätte Angst, dass dabei etwas passieren könnte. Dann hob er das Tafelmesser mit dem geschwungenen Griff in Augenhöhe, hielt es mit Daumen und Zeigefinger fest, strich dabei mit den Fingern der anderen Hand über den geschwungenen Griff und sagte dann mit geschlossenen Augen wie ein Professor bei einem Vortrag:

»Dat Schambein is ja nur ne Zentimeter dick, wie

der Griff det Messers hier an der dünnsten Stelle. Un dat könnte breschen un dat wör nit jut, dat wör nit jut!«

»Achchch …«, sagte Tante Gerda langgezogen und Wenzel sah, dass sie tief beeindruckt war und daraufhin noch einmal ihr langgezogenes »Achchch …« von sich gab und dabei sogar stehend in geblümter Kittelschürze, die Kaffeekanne in der Hand, das Kaffeenachschenken vor so viel medizinischem Fachwissen vergaß.

Wenzel machte sich davon und so war der Wald für ihn für ein paar Stunden wieder Rettung vor zu vielen Fragen, Vorträgen, besserwisserischen Verwandten, Schule und anderen lästigen Ereignissen, an die er in den Ferien gar nicht erinnert werden wollte …

Meistens geschah in den Ferien nicht viel, er trieb sich mit Gottfried unweit des Signals am Bahndamm herum, wo noch vor wenigen Jahren abgeworfene Kohlenstücke, dunkel wie schwarze Steine, zwischen den hohen Gräsern die Böschung herunterrollten, abgeworfen in aller Eile von den Erwachsenen, wenn die Züge vor dem Signal halten mussten. Große Waggons standen dann hoch oben auf dem Bahndamm für Minuten still und in die schwarzen, glänzenden

Kohlenberge, die sich in der Mitte der Waggons auf-
häuften, wühlten sich viele Hände, die kurz darauf
ebenso schwarz waren wie die Kohle.

Wenzel musste den Kopf ganz in den Nacken legen, um beim Nachobenschauen alles sehen zu können. Er war so klein und alles war so groß, die Waggons, die Erwachsenen, die von oben die Kohle ab-
warfen, und die meisten Kohlenstücke waren so groß,
dass er sie nur mit beiden Händen aufheben konnte.
In der Schule hatten sie dann später gelernt, dass ein
Zentner Kohle einhundert Pfund hat und nicht
schwerer war als ein Zentner Federn …

Nun aber hielt kein Zug mehr vor dem Signal und
der Bahndamm war nun eher langweilig. Wenzel und
Gottfried trödelten herum, klauten bei den Nachbarn
Kirschen, Stachelbeeren, halfen manchmal hier und
da beim Heumachen oder gingen in der nahen Stadt
ins Freibad, wo Herr Kastner ihnen ein paar Tage
später sogar in seiner Freizeit ohne Dresche das richtige Schwimmen beibrachte.

Den lästigen Cousinen, die zur Freude Wenzels
irgendwann wieder abgeholt wurden, ging er, solan-
ge sie noch da waren, aber aus dem Weg, wo es ging.
Da fand er selbst das Herumpaddeln mit Herrn Kastner im Schwimmbad angenehmer.

Gewisse Nachrichten, dass sich ein Bauernsohn erschossen hatte, weil er im Erbstreit einen Hof nicht bekam, jemand sich umbrachte, wie der Nachbar Huttmann, weil er seine Arbeit verloren hatte, oder jemand häufig Frau und Kinder verdrosch und ein anderer sich zu Tode getrunken hatte oder ein anderer noch trank, weil er den Krieg nicht vergessen konnte, nahm Wenzel eher beiläufig wahr, diese Ereignisse schienen nur am Rande zu geschehen und niemand sprach richtig darüber, dass er es hätte verstehen können, warum dieses oder jenes geschehen war. Er hörte es nur verstohlen angedeutet hier und da und eigentlich interessierte es ihn auch nicht so recht.

Und über den Krieg, der erst einige Jahre vorbei war, wurde nicht gesprochen. Höchstens, wenn die Feuersirene heulte und Tante Gerda sich die Ohren zuhielt, weil es sie an Bombenangriffe in der Stadt erinnerte. Und in der Schule war es nur der heldenhafte Kampf, den Hermann der Cherusker gegen den Römer Varus am Teutoburger Wald geführt hatte. Oder es war der Tod des Tyrannen Gesslers durch Wilhelm Tell, der, so stand es in den gelben Heftchen, vor langer Zeit für Freiheit und Gerechtigkeit kämpfte, oder der harnischbewehrte Landsknecht, der im dreißigjährigen Krieg durch den Schuss einer Muskete heldenhaft sein Leben verlor.

»Bömms«, sagt dann immer Herr Rehlig, wenn er dieses im Geschichtsunterricht bildhaft darstellte. Kriegerisch und dramatisch, das hatte Wenzel gelernt, ging es auch im Gedicht »Die Glocke« an manchen Stellen zu, wenn sich Herr Rehlig vor die Klasse stellte und in grollendem Ton, Faust und Blick zur Decke hebend sprach: »Da werden Weiber zu Hyänen und treiben mit Entsetzen Scherz! …«

Darüber hinaus wurde im Unterricht über kein weiteres Kriegsereignis gesprochen. Bestenfalls verloren sich die vergangenen Geschehnisse des Weltkrieges bei häuslichen oder nachbarlichen Trinkfesten nur in düsteren, unklaren Andeutungen, wenn Schnapsflaschen, mit der Aufschrift Weinbrandverschnitt, eingebunden in karogemusterten Baststreifen, auf dem Tisch standen und alle sangen: »Cindy oh Cindy, dein Herz muss traurig sein, der Mann, den du geliebt, ließ mich allein …« oder »Brennendheißer Wüstensand, fern so fern dem Heimatland …!« Wenzel wunderte sich nur, dass alle bei den Liedern meistens so traurig dreinschauten, und es musste etwas mit einer dunklen vergangenen Zeit zu tun haben, wenn Onkel Hans dann betrunken im dunklen Zimmer leere Bierflaschen als »Handgranatenweitwurf« durch das Zimmer hinter den Ofen schleuderte.

Zu Weihnachten lagen unter vielen Weihnachtsbäumen, auch zu Hause, Blechspielzeugpanzer, die Kanonen hatten und kleine Stahlkügelchen verschossen. Feuersteinfunken, im Geruch wie Wunderkerzen, sprühten aus der Öffnung, die ein Maschinengewehr sein sollte, und in der Adventszeit, bei der Aufführung einer Weihnachtsgeschichte im Saal des Gasthofes, trugen alle Mädchen weiße Gewänder, hatten weißglänzendes Engelshaar in ihr eigenes gebunden, gingen schwebend mit Engelsflügeln aus Pappe hin und her und größere Jungen, natürlich auch Wenzel, weil er eine schöne Stimme hatte, sangen Adventslieder und sagten artige Gedichte auf. Alle Qual der Welt, von der hin und wieder gesprochen wurde, schien in diesen Tagen so fern, war nicht spürbar ...

Und manchmal dachte Wenzel dabei an die Kriegerdenkmäler in der Stadt, im Dorf und anderswo, in Stein gehauen, die alle eingemeißelte Wörter trugen wie »Unseren Helden«, »ewig ihr Tatenruhm«, »geopfert für Volk und Vaterland«, »in Dankbarkeit den Helden«oder »den Lebenden zur Mahnung«. Sie standen da, als hätten sie immer schon dagestanden, und niemand sprach darüber, warum die Denkmäler mit Namen der Umgekommenen aus dem Dorf da waren, auch in der Schule nicht.

Viel konnte Wenzel damit nicht anfangen, aber es musste etwas ganz Schlimmes gewesen sein, der Krieg, denn manchmal kamen Leute mit Sammelbüchsen für Kriegsblinde und andere Versehrte. Versehrte wie Franz Ressler, der ohne Beine meistens in seinem fahrbaren Stuhl saß, oder wie der Schrankenwärter Kleimeier und Hans Petzold, ein Bekannter der Familie, die beide mit einem Holzbein herumliefen. Kriegsversehrt war auch der Anstreicher Leopold Zeitz, der nur einen und einen halben Arm hatte und einmal im Jahr die Küche mit einer Rolle ausmalte.

Im Unterricht wurde nie darüber gesprochen, auch darüber nicht, warum eine Fliegerbombe einst die Schule und andere Gebäude zerstörte und etliche Menschen, Nachbarn und Fremdarbeiter dabei umkamen. Wenzel wusste nicht mehr, wo er das gehört hatte, aber danach stellte er sich manchmal vor, dass die Schule und die anderen Häuser im Dorf ebenso zerstört ausgesehen hatten wie die rauchgeschwärzten Wände mit Fensterhöhlen, die er einmal gesehen hatte, als er mit Tante Gerda mit dem Zug zu Verwandten in die Stadt fuhr.

Einige Tage nach den Ferien war es ein Aufsatz, der den Anlass für stockenden Atem in der ganzen Klasse und für eine kurzzeitige Sprachlosigkeit und Erschütterung Herrn Rehligs sorgte. Wie immer wurden die tags zuvor abgegebenen Aufsatzhefte zu Beginn der Stunde wieder ausgeteilt.

Jeder war gespannt auf seine Note, die für Gottfried Spremberg wohl eine riesige Enttäuschung darstellte, als er, das aufgeschlagene Heft in der einen Hand, aufsteht und sich mit gehobenem Arm und schnipsenden Fingern meldet. Kurz zuvor hatte er noch einigen und besonders Ines Herbke über die Schulter geschaut, um zu sehen, wie die Noten dort ausgefallen waren.

Herr Rehlig, wie immer in Strickjacke hinter dem Pult, rückt seine Brille zurecht, sieht über den Rand auf Gottfried, der schnipsend an seinem Platz steht. Etwas unwillig, wollte er sich doch gerade mit dem Lesebuch beschäftigen, das vor ihm auf dem Pult liegt, sagt Herr Rehlig dann: »Ja, was ist?«

»Ich erhebe Einspruch«, sagt dann Gottfried laut und wedelt dabei mit seinem Heft in der Luft herum.

»Ich habe nur eine Drei und Ines Herbke hat eine Zwei, aber die weiß ja nicht mal, dass Hamburg nicht an der Weser liegt!«

Herr Rehlig glaubt nicht richtig zu hören, so sieht es jedenfalls aus, als er aufsteht, ungläubig schaut und dann mit lauter, grollender Stimme zu Gottfried gewandt ruft: »Waas hast du gesagt?«

»Ich habe nur eine Drei und sie hat eine Zwei und das ist ungerecht, und darum erhebe ich Einspruch!«

Alle aus der Klasse schauen ungläubig, auch Wenzel, der neben Gottfried sitzt, ihn aber gleichzeitig bewundert, alle bewundern ihn in diesem Moment für seinen Mut, starren mit großen Augen auf Gottfried. Und in die Stille, die sich im Verklingen des Wortes »Einspruch« unangenehm ausgebreitet hat, ist nur ein schweres Ausatmen Herrn Rehligs zu hören, ein Rascheln seiner Kleidung, ein kurzes Stuhlrücken und ein dumpfes Plumpsen, als er sich in seinen Stuhl hinter das Pult fallen lässt.

Dann sitzt Herr Rehlig, eine Hand auf das Pult gelegt, den Kopf seitwärts zum Fenster gewandt und den Blick scheinbar in die Ferne gerichtet. Aber sein Gesichtsausdruck mit zusammengepresstem Mund und sich bewegenden Mundwinkeln verrät, dass er ziemlich aufgebracht ist. Wieder und wieder schüttelt er den Kopf, und in die Stille, in der nicht einer wagt, auch nur laut zu atmen, dringen seine Worte, im Tonfall abgehackt, wie ein Strafgericht durch den Raum:

»Das-ist-mir-in-acht-und-drei-ßig-Jah-ren-Schuldienst-noch-nicht-vor-ge-kom-men-dass-je-mand-Ein-spruch-er-hebt!«

Herr Rehlig ist erschüttert, und das unterstreicht er, indem er bei jeder abgehackten Silbe mit den

Fingern seiner auf dem Pult liegenden Hand auf die Oberfläche des Pultes klopft. Eine nahezu unerträgliche Weile vergeht, ohne dass etwas geschieht. Dann nimmt er seine Brille ab, blickt mit etwas schräg gehaltenem Kopf irgendwohin in die Klasse, den Arm mit geballter Faust inzwischen auf den Oberschenkel gestützt, schüttelt noch ein paarmal seinen Kopf, dann zu Gottfried gewandt, der sich inzwischen gesetzt hat und ziemlich klein geworden ist: »Ins Lehrerzimmer, sofort!«

Herr Rehlig, inzwischen von seinem Platz erhoben, deutet unmissverständlich auf die Klassentür, auf die Gottfried, nun noch kleiner als gewöhnlich, etwas zusammengesunken zugeht. Hinter der Tür ist der Flur und von da geht es ins Lehrerzimmer. Herr Rehlig hinter ihm, und als beide aus dem Raum sind und in der immer noch atemlosen Stille nur noch das Klappen der Tür des Lehrerzimmers zu hören ist, weiß jeder, was folgt.

Herr Rehlig bestrafte nicht so häufig in der Klasse. Aber im Lehrerzimmer gibt er das, was er für die richtige Strafe hält. Und das sind meisten zwei oder drei kräftige Stockschläge auf den Hosenboden. Und ins Lehrerzimmer mussten schon einige.

So auch Reinhard Tennenbrink und Arnold Frieling, die vor nicht langer Zeit Wildwestreiten auf der

Kuhweide mit Kühen versucht hatten und diese dabei durch den Zaun gegangen waren. Zu Hause hatten dann beide Dresche bekommen und weil sich der Bauer auch bei Herrn Rehlig beschwert hatte, gab es obendrein im Lehrerzimmer noch Dresche zusätzlich …

Als sich die Tür nach einer Weile wieder öffnet, Gottfried mit etwas weinerlichem Zug um den Mund und hochrotem Gesicht die Klasse betritt, hat er nicht nur das Mitleid, sondern auch die Bewunderung der ganzen Klasse.

Monate später wird Gottfried Klassensprecher …

Lange währten Aufregung und Unmut Herrn Rehligs über Gottfrieds Einspruch nicht, denn das große Dorfjubiläum stand vor der Tür und als Vorsitzender des Heimatvereins hatte Herr Rehlig noch andere Vorbereitungen zu treffen und die Schüler darüber hinaus im Fach Heimatkunde noch eingehender zu unterrichten.

Schon Wochen vorher wurden von den Älteren der Klasse Jahreszahlen und Ereignisse aus der Vergangenheit des Dorfes auswendig gelernt und immer wieder heruntergeleiert, bis sich das Gesicht Herrn Rehligs zur zufriedenen Miene wandelte, denn schließlich sollten sich seine Schüler mit der auswendig gelernten Dorfchronik beim Besuch von einer Reihe von Präsidenten, Direktoren, Vorsitzenden von Heimatverbänden und anderen Gästen nicht blamieren.

Tags zuvor aber gab es noch den unvermeidlichen und wenig geliebten Besuch beim Friseur, der die Haare wie immer mit einer gefürchteten, stumpfen Zackenschere schmerzhaft, bis die Tränen liefen, in die richtige Form brachte. Wenzel setzte sich äußerst ungern und nur widerwillig auf den Friseurstuhl, um sich von Herrn Meiner, dem kettenrauchenden Friseur, die Haare schneiden zu lassen.

Dann war der Tag der Feierstunde am Tag des großen Festes da. Die morgendliche Sommersonne ließ die vielen weißen Hemden und Blusen von Schülern, Lehrern und Besuchern noch heller leuchten und alle waren freundlich. Schläge und andere Strafen gab es keine und nachdem einige Ansprachen vorbei waren, die auswendig gelernte Dorfchronik im Wechsel zwischen einigen Schülern ohne Fehler aufgesagt war, stellte sich nicht nur bei Wenzel große Erleichterung ein, strahlten alle Gesichter mit den hellen Blusen und Hemden um die Wette.

Danach war schulfrei. Die Schule wurde für zwei Tage zum Heimatmuseum umgestaltet und das Dorf hatte seinen schönsten Schmuck angelegt. Überall standen an Wegen und Straßen in den Boden gesteckte Birken, über Straßen spannten sich Girlanden und Fähnchen und an vielen Stellen war geputzt und gefegt worden.

Im Saal des Gasthofes folgte eine Rede nach der anderen und bei der Einweihung des neuen Gedenksteins mit den Jahreszahlen dreier Kriege schauten alle sehr ernst drein, Lieder wurden gesungen und ernste Reden wurden gehalten und die Blaskapelle spielte bei Fackelschein und sich senkenden Fahnen »Ich hatte einen Kameraden!« Das Jubilieren war damit für einige Zeit unterbrochen.

Am anderen Tag läuteten die Glocken und Musikzüge begleiteten den langen Festumzug. Altes Handwerk wurde gezeigt, Herolde führten den Zug an und radfahrende Männer und Frauen mit Blumenbögen strahlten mit dem Sonnenschein um die Wette, und selbst Herr Kastner hatte sein bestes Gesicht aufgelegt, zückte bei den Wettkampfspielen, die ein Stück hinter der Schule auf der Wiese stattfanden, sogar sein Portemonnaie und spendete einige Male ein Fünfzigpfennigstück, das mit dem Mund aus einer mit Wasser gefüllten Schüssel herausgefischt werden sollte.

Kein Tadel, kein strafender Stock, und sogar Winfried Stegenkamp, der schon häufiger Dresche von Herrn Kastner bekommen hatte, wurde für seine sportliche Leistung, einen blankpolierten Baumstamm hochzuklettern, an dem oben als Belohnung Süßigkeiten ergattert werden konnten und an dem er sich vom vielen Rauf- und Runterrutschen den Bauch wundgescheuert hatte, von ihm anerkennend gelobt. Auch Wenzel bewunderte Winfried, wie er den Baumstamm rauf- und runterrutschte, war sogar ein wenig neidisch, aber er selbst traute sich nicht.

Für alle hätte es so weitergehen können, Tag für Tag ...

Doch dann begann wieder die Schule und irgendwann nachmittags danach auch der wöchentliche Konfirmandenunterricht, der nicht in der Schule stattfand, sondern ganz in der Nähe im Haus von Pfarrer Bertrich und später im Gemeindehaus neben der Kirche. Im Religionsunterricht in der Schule hatten alle etwas über Jesus, die Heiligen Drei Könige, die Jünger und Martin Luther gelernt.

Bei Pfarrer Bertrich hingegen las man sich durch Verse des Neuen Testamentes und des Katechismus. Besonders die Namen der Schreiber der Bücher des Alten Testamentes hatten es Pfarrer Bertrich angetan. Alle mussten die Namen auswendig herunterleiern können: »Jona, Micha, Nahum, Habakuk, Zephania, Haggai …«.

Und weil er sich immer aufregte, wenn der Name des Priesters Hesekiel von einigen falsch betont wurde, nämlich so wie Besenstiel, hieß dann Pfarrer Bertrich hinter vorgehaltener Hand eines Tages nur noch Hesekiel, gesprochen wie Besenstiel. Und »Hesekiel« war unerbittlich beim Auswendiglernen von einzelnen Versen wie »Lasset uns rechtschaffen sein in der Liebe …«, »der Herr ist mein Hirte …« oder »wenn dich einer auf die Linke schlägt, halte auch die Rechte hin!«.

Und auf die rechte oder linke Wange gab es dann schon mal die rechte Hand des Pfarrers, wenn jemand allzu verstockt war, sich überhaupt nicht beteiligte oder den Unterricht störte, wie Ottfried Niemann, der fast immer Fußballschuhe anhatte und ständig gegen die Stuhlbeine polterte und auch sonst keine Lust hatte, bis die Hand Pfarrer Bertrichs ausrutschte. Es war unwichtig, ob man die Texte verstanden hatte, Hauptsache, jeder konnte sie auswendig.

Die sonntäglichen Pflichtgottesdienste waren so selbstverständlich wie unbeliebt. Aber jeder wollte konfirmiert werden, das wurde schließlich so erwartet. Und weil man dann irgendwann zur Konfirmation festlich herausgeputzt im dunklen Anzug und die

Mädchen im dunklen Kleid auch schöne Geschenke bekommen würde, gehörten die Gottesdienste dazu wie der tägliche Gang zur Schule. Dann war es wieder so weit. Alle, die demnächst konfirmiert werden wollen, sitzen vorne in der ersten Reihe der Kirchenbank, die Mädchen rechts, die Jungen links. Ottfried, wie immer, noch nicht dabei.

Der Organist quält sich, so sieht es aus, mit dem etwas stimmschwachen und in die Jahre gekommenen Harmonium, indem er beim Spielen mal die linke, mal die rechte Schulter reichlich hochhebt, als versuche er mit noch mehr Druck auf die Tasten lautere Töne zu erzeugen.

Pfarrer Bertrich im schwarzen Talar beginnt mit seiner Predigt, und die handelt von Arbeit und Pflicht im Glauben, von Vergebung und von Tugenden, Verlässlichkeit und Pünktlichkeit. Einige in der Gemeinde nicken zustimmend, und als die Worte fallen: »Aber Jesus ist nicht nur bei den Pünktlichen, sondern auch bei den Zuspätgekommenen«, klotscht, wie immer, Ottfried Niemann mit Fußballschuhen an den Füßen, mit Schwung und Gepolter durch die Pendeltür des Windfangs in die Kirche. Schließlich will er nach dem Gottesdienst zum Fußballspielen auf den Sportplatz. Alle drehen sich um und alle Blicke richten sich nun ärgerlich auf Ottfried.

Die zukünftigen Konfirmanden kichern, prusten verhalten, gespannt, was noch geschieht. Selbst die etwas betagten Mitglieder des Presbyteriums von der seitlichen Bank hinter dem Altar, durch das Geklotsche aus dem versunkenen Zuhören aufgeschreckt, scheinen nun hellwach, aber durch das Unterbrechen der Predigt nicht gerade erfreut.

Unbeirrt, den Oberkörper reichlich nach vorn geneigt und bei jedem Schritt vor und zurück wippend, geht Ottfried mit schallenden Schritten zielsicher durch den Mittelgang, aber keinen Deut schneller als zuvor auf die vordere Bank zu, wo auch Wenzel sitzt, während Pfarrer Bertrich mit inzwischen reichlich gespannten Gesichtszügen über den Rand seiner Brille blickend darauf wartet, ohne Störung weitersprechen zu können. Ein paarmal poltert es noch kräftig, bevor Ottfried mit seinen Stollenschuhen endlich seinen Platz zwischen den anderen in der Kirchenbank gefunden hat.

Vorher tritt er aber noch zweien, die vorn sitzen, sowie Wenzel unsanft gegen die Knöchel, dem daraufhin ungewollt ein »Aua, du Blödmann« und dem Pfarrer ein lautes »Halleluja« herausrutschen lässt. Danach setzt Pfarrer Bertrich endlich, aber reichlich ärgerlich seine unterbrochene Predigt fort.

So zogen sich die Pflichtgottesdienste und Konfirmandenunterrichte dahin. Man übte biblische Texte, kirchliche Sprüche. Am Ende des Konfirmandenunterrichtes gab es für alle reihum die ungeliebte Aufgabe, abonnierte kirchliche Sonntagsblätter mit dem Fahrrad auszuliefern und einmal im Monat dafür das Geld bei den Bestellern in der weitverstreuten Bauernschaft zu kassieren. Für Wenzel jedes Mal schlimm, denn an jedem Hof, jedem Haus gab es kläffende, angriffslustige Hunde, die, wenn sie nicht an der Kette lagen, gerne in die Beine schnappten.

Noch unbeliebter waren die Pflichtdienste, bei denen alle älteren Kinder des Konfirmandenunterrichtes mit Stoff- und Papierröschen und Sammeldose bestückt von Haus zu Haus gehen mussten, um für das Müttergenesungswerk zu sammeln. Jedes Mal hatte Wenzel dieses bedrückende Gefühl ganz oben im Hals, wenn an der einen und anderen Haustür abgearbeitete Finger in dünnen Portemonmaies nach einigen Pfennigen oder Groschen suchten. Aber die kleinen Stoff- und Papierröschen in Rot, Rosa und Gelb waren einfach zu schön anzusehen, und die großen Sammelbüchsen, nicht nur in seinen Händen, klapperten mitleiderregend leer.

Grund genug zu versuchen, sich manchmal mit Abwesenheit vor dem Sammeln zu drücken, was aber selten gelang. So war der Konfirmandenunterricht nicht besonders beliebt. Nur am Reformationstag gingen alle gerne in die Kirche, waren alle pünktlich, denn danach war schulfrei …

In der Schule gab es einmal in der Woche in der letzten Stunde »Zeichnen und Werken« bei Herrn Kastner. Zum Werkraum ging es zwei Treppen rauf in den oberen Seitenflügel des Gebäudes, wo noch ganz alte Schulbänke standen, auf denen man auch sägen und hämmern konnte. Auf zerkratzten und mit Tintenflecken übersäten Tischen mit nach vorn geneigten Flächen, in denen oben noch ein aufklappbares Tintenfässchen mit lange eingetrockneter Tinte eingebaut war, konnte es sich recht bequem gemacht werden, indem man Arme und Kopf auf die Schräge legte, was einige sogleich meistens taten.

Wenzel freute sich auf diese Stunde, denn er zeichnete gerne. Eigentlich machte hier jeder das, wozu er gerade Lust hatte. Die meisten zeichneten oder kritzelten irgendetwas, andere lasen oder saßen nur da, weil sie keine Lust hatten, etwas zu basteln oder zu zeichnen.

Zum Werken oder Zeichnen hatte Herr Kastner wohl auch selbst keine richtige Lust, denn er sah jedes Mal so aus, als sei er froh, wenn die Stunde vorbei war.

An einem sonnigen Tag, an dem wohl jeder am liebsten auf dem Schulhof gewesen wäre, kramt Reinhard Tennenbrink, der immer einige Romanhefte in seiner Schultasche hatte, einen Billy Jenkins-Wildwestroman hervor mit dem Titel »Es traf den Falschen«, um ihn heimlich an Winfried Stegenkamp weiterzureichen, der neben ihm sitzt. Jeder hatte Hefte von Billy Jenkins und Tom Prox, die Helden der Special Police und Ghost Guard zu Hause oder in der Tasche, zum Tauschen oder Kungeln. Für ein Heft bekam man ein anderes oder einige Kaugummis oder ein Tarzanheft. So wanderten die Hefte von einem zum anderen.

»Gib mal her«, flüstert Wenzel leise zu Winfried, der vor ihm sitzt und das Heft gerade in der Tasche verschwinden lassen will.

»Gib mal her«, sagt dann auch Herr Kastner plötzlich, der von hinten herantritt und Winfried, der sich ertappt fühlt und etwas ängstlich zusammensinkt, das Heft aus der Hand nimmt.

»Ah, Billy Jenkins«, murmelt er dann, während er in dem Heft herumblättert und wie beiläufig und beifallheischend umherschaut: »Und daraus soll ich wohl was vorlesen, was?«

Herr Kastner will aus einem Wildwestroman etwas vorlesen? Damit hat niemand gerechnet. Klar, fast alle sind begeistert und die Stunde der Langeweile weicht einer unerwarteten Spannung, die sich noch steigert, als sich Herr Kastner dann bequem auf die Tischplatte setzt und die Füße auf die Sitzbank stellt.

In die nahezu atemlose, spannungsgeladene Stille dringt jetzt nur noch störend das Scharren einiger unruhiger Füße von denen, die sich hörbereit um Herrn Kastner versammelt haben.

Störend aber auch, wie immer, Ennu, drei Bänke weiter hinten, der keine Lust hat zuzuhören und Geräusche von sich gibt, als er wieder einmal verstümmlte Fliegenleiber in der Streichholzschachtel heulend wie ein Lloyd-400-Motor, mal lauter und mal leiser über den Schultisch schiebt. Einige tadelnde und strafende Blicke Herrn Kastners über die Köpfe seiner erwartungsvollen Zuhörer hinweg scheint Ennu nicht zu bemerken.

Dann beginnt Herr Kastner zu lesen und alle hängen an seinen Lippen:

Jim Chester und Dick Hanson waren in der Stadt fremd. Sie kannten also weder Einauge noch seinen Trick. Als dieser nun in den Imperial-Saloon trat, wo die beiden bei ihren Drinks saßen und auf ihren Freund Billy warteten, tauschten sie nur einen verständnisvollen Blick. Sogar ein blutiges Greenhorn hätte sofort gemerkt, dass es sich bei dem Vagabunden um ein gefährliches Raubein handel-

te ... Atemlose Stille.

Mitten im weiteren Lesefluss des spannungsgeladenen Kapitels stockt Herr Kastner ein paarmal, schaut wieder und wieder, inzwischen mit stetig wütender werdender Miene zu Ennu, der noch immer mit der geräuschvollen Beerdigungsfahrt seiner Fliegen beschäftigt ist, Herr Kastner fährt zum wiederholten Male im Text fort:

... jetzt hielt es der Barkeeper für an der Zeit, von seinem Hausrecht Gebrauch zu machen und richtete einen großen Colt auf den aufsässigen Gast. »Hände hoch!«, rief er. »Scher dich hinaus!« Gleichzeitig löste der Barkeeper einen Schuss ...

Mit einem lauten Knall endet im Moment des Schusses auch Ennus Streichholzschachtelfahrt, als sein hölzerner Buntstiftkasten mit Stiften, Anspitzer und Radiergummi auf dem steinernen Fußboden landet und alle vor Schreck zusammenfahren lässt. Auch Herrn Kastner, der den Arm hochreißt und das Heft mit Billy Jenkins raschelnd und flatternd im hohen Bogen durch den Raum fliegen lässt. Noch kurz wird das flatternde Heft von der Sonne, die durch die Erkerfenster scheint, hell angestrahlt, bevor es dann zwischen den Bänken auf dem Boden landet.

Noch im Wegschleudern des Heftes springt Herr Kastner von der Schulbank, bahnt sich wütend mit hochrot angelaufenem Gesicht durch die Umstehenden und Sitzenden unsanft einen Weg, indem er sie einfach zur Seite schubst, rast auf Ennus Tisch zu. Herr Kastner ist nicht mehr zu besänftigen.

Alle sehen, wie Ennu mit aufgerissenen Augen und Mund Herrn Kastner engegenstarrt und bevor der die Schulbank erreicht hat, taucht Ennu, klein und wendig, schnell zwischen Bank und Tisch hindurch, kommt an der Seite wieder hoch, springt dann in die nächste Tischreihe, an ihr entlang und rennt in den hinteren Teil des Raumes. Herr Kastner hinterher, stößt zuvor kräftig mit Schienbein und Bauch gegen Ennus Schulbank, die dadurch mit einem schrappenden und knirschenden Geräusch über den

Zementboden um ein ganzes Stück verschoben wird.

Das macht Herrn Kastner noch wütender und er versucht Ennu in der Ecke zu erwischen. Der aber springt jetzt auf die Bank, auf den Tisch und wieder herunter in die andere Richtung auf die Tür zu, versucht seinem Lehrer zu entgehen. Der aber versucht dem Flüchtenden mit großen Schritten den Weg abzuschneiden. Dabei bleibt er mit der Jacke an einer Ecke der Schulbank hängen, reißt sie krachend im Raum herum und Ennu rennt auf der anderen Seite an der Schulbank vorbei, springt in die nächste Reihe über Tische und Bänke hinweg. Herr Kastner hinterher, springt, trampelt ebenfalls über Tische und Bänke, stürzt fast vornüber und verfehlt den verfolgten Ennu nur um eine Armlänge. Alle starren wie versteinert. Wenn Herr Kastner ihn jetzt kriegt …

Dann hat es Ennu geschafft. Mit einem Haken, wie ihn Hasen nicht besser hätten schlagen können, täuscht er den vor Zorn heranrasenden Lehrer und erreicht die Doppeltür des Raumes, bevor ihn der ausgestreckte Arm mit der griffbereiten Hand, die nur wenig hinter ihm ist, packen kann. Mit einem Krachen springt er mit dem ganzen Körper gegen die Tür, die daraufhin aufspringt und rasende, kleine Schritte die Treppe hinunter verraten, Ennu ist entkommen.

Die Strafe muss warten. Herr Kastner steht groß und schweratmend, mit knallrotem Gesicht an der geöffneten Tür. Die Sonnenstrahlen scheinen warm in den Raum und Billy Jenkins liegt noch immer zerfleddert zwischen den Schulbänken auf der Erde.

»Feierabend jetzt, zusammenpacken und nach Hause!«

Herrn Kastners Stimme klingt wütend, laut. Und lautlos schweigend geht einer nach dem anderen schnell, ohne ihn anzusehen, an ihm vorbei aus dem Raum und eilig die Treppe hinunter, die Ennu zuvor in unglaublicher Schnelligkeit hinabgerast war.

Dieses Glück hatte Brüllmeier nicht, als er eines Morgens wieder seine Schularbeiten nicht gemacht hatte. Brüllmeier hieß eigentlich nicht Brüllmeier, sondern Edgar Pollmann. Fast alle hatten irgendeinen Spitznamen, den jeder benutzte. So kannten sich die meisten nur von diesem Namen. Einer hieß Birki, weil sein Nachname Birkenhain war, ein anderer »Pinsel«, weil sein Vater Anstreicher war, und »Ente« weil er, wie die anderen meinten, wie eine Ente ging. Ein anderer hieß, weil er dick war, »Dicker« und wieder ein anderer Quickly, weil er immer von dem Moped Quickly seines Vaters redete, und »Käse« hieß so, weil er immer Käse auf seinem Schulbrot hatte.

Dann gab es noch Tenne, Ennu und viele andere. Und Brüllmeier war Brüllmeier, weil er bei jeder Kleinigkeit heulte, brüllte. Und da er auch noch immer vom Rotz im Gesicht verschmiert war und so roch, weil er sich in die Hose gemacht hatte, mochte niemand neben ihm sitzen, konnte ihn niemand leiden, auch Herr Kastner nicht.

Viele brachten einen Geruch mit in die Schule. Der eine den von Ziegen, andere den von Kühen oder Pferden und Otto Ressler, der nicht selten im Schlafanzug unter seiner Kleidung in die Schule kam, den Geruch von feuchter, ungewaschener Wäsche. Und dagegen gab es im ersten Jahr machmal gemeinsames Duschen im Keller der Schule.

Schlimm war es eines Tages wieder einmal auch bei Franek, Ottos Bruder, dem es nichts ausmachte, nach der Schule mit seiner dunkelblauen Trainingshose, die hinten fast bis auf die Erde hing, herumzulaufen. Im Gegenteil, am liebsten wäre er überall dabeigewesen.

Erst als ihm Wenzel und sein Freund Gottfried draußen unter der großen Kastanie, wo sie mit anderen ihren Treffpunkt hatten, in die Seite boxten, weil er ihnen fortwährend hinterherlief, und schließlich ins Ohr brüllten: »Du stinkst nach Scheiße, hau ab hier!«, zog er es vor, kichernd, sich windend und drehend, als hätte ihm das Anbrüllen Spaß gemacht, nach Hause zu verschwinden.

Bei Brüllmeier war es an manchen Tagen fast ebenso schlimm. Als Herr Kastner Brüllmeiers Nachnamen laut und scharf durch die Klasse tönen lässt, dabei schon mit dem Stock in der Hand neben der Tafel wartet, ist sofort ängstliche Stille im Raum. Viele mögen Brüllmeier nicht, aber dass er nun Dresche bekommt, möchte auch niemand.

Mit verschmiertem und rotem Gesicht kommt Brüllmeier nach vorn. Kaum dass er vor Herrn Kastner steht und der kurz sagt: »Umdrehen«, bekommt er schon zwei Hiebe mit dem Stock. »Setzen«, sagt Herr Kastner erneut laut und scharf und Brüllmeier, im Gesicht regungslos, als wollte er diesmal nicht losheulen, beginnt damit erst, als er wenige Schritte vor seinem Platz ist. Aber dann ähnlich wie eine Feuersirene, die sich von einem tiefen Anfangston nach oben schwingt zu einem unerträglich lauten, hohen, heulenden Dauerton, so wie die Sirene auf dem Dach der Schule.

Das ist Herrn Kastner zu viel. Mit einem lauten »Raus!« schickt er Brüllmeier vor die Tür und allmählich, während alle noch zum Flur hinhören, Herr Kastner den Unterricht fortsetzt, weicht Brüllmeiers lautes Heulen allmählich der Stille auf dem Flur.

So ging es weiter Tag für Tag, Schlag auf Schlag …

Der Schulweg und der Schulalltag fühlten sich wie immer gleich an. Und fast immer bekam irgendeiner Dresche, entweder zu Hause, in der Klasse oder auf dem Schulhof, wenn sich gestritten wurde. Es gehörte irgendwie dazu. Und ein paar von den Älteren legten es häufig wie eh und je darauf an, Frau Meierhoff beim Singen so lange mit Schwatzen oder anderen Störungen zu reizen, bis sie durch die Klasse raste und Ohrfeigen verteilte.

Es wurden sogar Wetten abgeschlossen, wer die Ohrfeigen bekommen sollte. Bei Herrn Kastner allerdings waren die meisten sehr vorsichtig, denn jeder wusste, wie schnell er jähzornig wurde und wie heftig er Prügel geben konnte. Das hinderte einige Große in der Klasse aber manchmal nicht daran, seinen VW Käfer an der Stoßstange hinten hochzuheben, wenn er nach dem Unterricht vom Parkplatz hinter der Schule losfahren wollte. Eines Tages ist es wieder so weit.

Herr Kastner verlässt das Gebäude nach hinten heraus, wo sein Wagen parkt. Wie immer ist es Winfried Stegenkamp, der ihn dabei beobachtet, als er zu seinem Wagen geht. Rasch winkt er die anderen, die schon darauf gewartet haben, herbei. Vornweg dann Reinhard Tennenbrink, der sich nach der Schule fast immer in der Autowerkstatt herumtreibt, und gebückt rennen sie von hinten zum Wagen, den Herr Kastner in diesem Moment anlässt. Sie verteilen sich hinter der Stoßstange und heben an. Mit lautem Geheul dreht der Motor die Räder in der Luft und Herr Kastner gibt grinsend ein paarmal Gas, wohl wissend, was gleich passiert.

Zu schwer geworden lassen die Schüler den Wagen herunterfallen und die Räder greifen durchdrehend in Splitt und Sand, der die vier hinter dem Wagen in eine zurückschießende Wolke einhüllt und schmerzhaft auf Arme, Beine, in Augen und Ohren trifft. Dann ist der Wagen fort und alle haben ihren Spaß, Zuschauer vom Schulhof, die von Weitem zuschauen, die vier an der Stoßstange und – Herr Kastner, der für diesen Spaß keine Dresche verteilt …

So verrann die Zeit und große Überraschungen wurden nicht erwartet. Es schien so, als wiederholte sich alles in gewisser Regelmäßigkeit. Die Jüngeren lernten jeden Streich, jede Gemeinheit und jedes schmutzige Wort von den Älteren, Mädchen wurden wie immer von den Jungen geärgert und die Mädchen bedankten sich dafür mit Petzen. Dafür wurde aus ihren Fahrrädern die Luft herausgelassen oder die Räder wurden von den »Großen« hinter dem Fahrradstand in die Bäume gehängt oder es wurde bei dem einen oder anderen Rad schon einmal die Kette abgeworfen, damit die Mädchen damit nicht mehr fahren konnten.

Da aber die Übeltäter nie bekannt wurden, hielten sich Strafen in Grenzen. Die künftigen Schulabgänger der Klasse wurden ohnehin nicht mehr so oft geschlagen.

Großen Aufschrei gab es bei den Mädchen allerdings, als Ilona Frieling auf dem Heimweg eine Böschung hinunterfuhr und in den Brennesseln landete, weil sich plötzlich der Lenker ihres Fahrrades kaum noch bewegen ließ. Die Schadenfreude bei den meisten Jungen in der Klasse war nicht zu übersehen und zu überhören.

Dafür verdroschen Irene und Ulla, auch künftige Schulabgängerinnen und mit Ilona in einer Klasse, ein paar Tage später Wenzel und Gottfried, die zwei Jahre jünger waren und bei den Schadenfrohen herumgestanden hatten. Die Abreibung bekamen sie draußen auf dem Heimweg am Wald, als sie nicht damit rechneten.

Wenzel schämte sich danach nicht nur, von einem Mädchen verprügelt worden zu sein, sondern fand es auch noch ungerecht, denn eigentlich hatte, wie er meinte, er nichts getan, und schließlich gab es nur einen in der Klasse, der immer mit etwas Werkzeug in der Hosentasche herumlief, mit dem man am Fahrrad herumbasteln konnte, und der grinste später die ganze Zeit vor sich hin …

Wenige Tage vor der Schulentlassung, in der Rechnenstunde, bekommt Wenzel dann eine Ohrfeige, unerwartet, ungerechtfertigt, schmerzend. Er erschrak darüber wie bei einem ein Gewitter, das sich mit einem lauten Schlag plötzlich, wenn Blitz und Donner in einem einzigen Moment verschmelzen, entlädt.

So ist es wohl auch bei Herrn Rehlig, der plötzlich über störende Unruhe am Vierertisch die Fassung verliert, als Gottfried das Rechenbuch von Wenzel geräuschvoll zu sich herüberzieht, weil er seines zu Hause gelassen hat, und Reinhard Tennenbrink Gottfried dabei in die Seite boxt. Herr Rehlig übersieht dabei die eigentlichen Urheber der Störung und wie im Gewitter entlädt sich sein plötzlicher Zorn und sein schallender Schlag trifft – Wenzel. Alle am Tisch ducken sich vor Schreck und Angst zusammen.

Später dann in der Pause auf dem Flur lächelt Herr Rehlig, als er an Wenzel vorbeigeht, kurz stehenbleibt und fast väterlich, versöhnlich sagt, dass Wenzel die Ohrfeige kurz vor der Schulentlassung so schnell nicht vergessen würde.

»Nein, glaube ich auch nicht«, murmelt darauf Wenzel, er ist tief gekränkt, will sich am liebsten erklären. Aber dann denkt er an Reinhard und Gottfried, die er verpetzen müsste, wenn er sich rechtfertigen würde, schluckt seinen Protest und seinen Kloß im Hals hinunter und denkt an die vielen gelernten Gedichte, in denen es häufig auch nicht gerecht zuging. Er sagt es sich als Trost, weiß zugleich, dass er die Ohrfeige nicht vergessen würde.

Tief und unauslöschlich legte sich auch diese Ungerechtigkeit und Schmach wie eine dunkle Wolke, wie viele andere in den Jahren zuvor, in seine Erinnerungen. Aber an diesem letzten Tag wollte er nicht mehr daran denken. Und darum fühlte sich der Abschied in den Momenten, an einem schönen Frühlingstag Ende März, als er zum letzten Mal vor der Eingangstür der Schule stand, so leicht an wie die langsam ziehenden weißen Flaumwölkchen am Himmel.

Bevor er die schwere Tür öffnete, blickte er noch eine ganze Weile nach oben, wie sich die weißen Schleier nach und nach in der Sonne auflösten …

Frühlingsgewitter

»Da schau mal einer an, nun haben wir endlich den erwischt, der immer die Plakate und Wände vollschmiert«, sagt da plötzlich eine Stimme hinter mir laut wie ein Frühlingsgewitter, als ich an einem schönen Frühlingstag mit einem winzigen Bleistift einen Strich durch ein großes **H** mache, was irgendein Schmierfink mit einem dicken, schwarzen Filzstift zu viel auf das Plakat geschmiert hat, an dem ich gerade stehengeblieben bin.

»Nein, nein«, sage ich, als ich mich zu dem Polizisten, dem die Donnerstimme gehört, umdrehe. »Ich hab das Plakat nicht vollgeschmiert, da hat nur so ein Blödmann ʼn **H** zu viel hingeschrieben. Dämlich mit **H**, das gibtʼs doch wohl nicht. Erwachsene sind dämlich, steht da und dämlich mit **H**!«

»Ja, ja, das sehʼich«, sagt der Polizist, »das sehʼ ich, dass das da steht, das haben Sie ja gerade da hingeschrieben. Und das kostet Sie was, das kann ich Ihnen versprechen!«

»Nein, nein«, sage ich wieder, »ich hab das da nicht hingeschrieben, ich kann das bloß nicht haben, dass jemand dämlich verkehrt geschrieben hat. Ich wollte doch bloß das **H** durchstreichen. Oder meinen

Sie, dass ich in meinem Alter noch Graffiti mache und so 'n Kram. Ich habe noch nie auf einem Plakat herumgeschmiert, in meinem ganzen Leben nicht. Das war doch nur weil das **H** da nicht hingehört!«

»Ha, Sie können mir ja viel erzählen«, sagt der Polizist und holt aus seiner Brusttasche einen Block heraus. »Haben Sie nun auf dem Plakat herumge-schrieben oder nicht? Und einmal ist immer das erste Mal!«

»Ja, ja«, sage ich ein wenig verärgert, »das hat mir meine Großmutter auch schon gesagt!«

»Was hat sie gesagt?«, fragt der Polizist und schaut mich interessiert an.

»Na ja, ›einmal ist immer das erste Mal‹, hat sie gemeint, als ich damals an meinem ersten Schultag mit meinem Tornister vor der Schule stand. Und auf-passen sollte ich, dass ich bald rechnen und schreiben kann.«

Warum erzähl ich das dem Polizisten überhaupt, denk ich.

»Ja, ja, schreiben haben Sie ja nun gelernt«, grinst da der Polizist ein wenig verstohlen, immer noch in der einen Hand den Block und in der anderen den Kugelschreiber. »Sagen Sie mal, wann war der denn gewesen, Ihr erster Schultag?«

»Mein erster Schultag«, sag ich und wundere mich

über die Frage, »ist schon lange her, fünfzig war das, Frühjahr fünfzig, ich habe gar nicht gewusst, was das ist, das erste Mal in der Schule. Vor Angst habe ich mir beinahe in die Hose gemacht!«

»Und ich erst«, lacht da plötzlich der Polizist, und ich wundere mich, dass er gar nicht mehr von dem Plakat spricht.

»Und ich erst«, sagt der Polizist nochmal und lacht noch immer. »Das hat mir auch nicht geholfen, dass ich schon drei Buchstaben schreiben konnte. Meine Mutter hatte damals zu mir gesagt: ›Zeig den anderen man gleich, was du schon alles kannst!‹«

»Ach«, sag ich dann überrascht, und es fällt mir wie Schuppen von den Augen. »Du warst das damals mit der Tafel in der Hand und den drei Buchstaben darauf. Geheult hast du den ganzen Vormittag. Du bist doch der Manne, ich habe doch gewusst, dass ich dich irgendwie kenne!«

»Ja, ja«, grinst der Polizist weiter, »ich war das, und ich wollte wieder nach Hause, das erste Mal in der Schule, das war nichts für mich. Ja und du, du hast die ganze Zeit auch kein Wort gesagt, hast nur ganz bedröppelt geguckt, als wollt dich einer verhauen!«

»Ja«, sag ich, »ich wollte auch wieder nach Hause. Dieser Tag in der Schule, das war auch nichts für mich. Aber Schreiben, das haben sie uns dann später beigebracht, damals in unserer Schule, ist ja schon lange her!«

»Das kannst du laut sagen«, lacht der Polizist und steckt den Block zurück in seine Brusttasche. »Komm mal vorbei, wenn du wieder im Land bist, dann können wir noch ein bisschen über die alten Zeiten klönen!«

»Und was ist jetzt mit dem Plakat?«, ruf ich ihm noch hinterher, als er mir aus seinem Auto noch einmal lachend zuwinkt.

»Ach, das kannst du vergessen«, ruft er mir aus dem offenen Seitenfenster zu und er lacht dabei noch ein wenig lauter. »Ich hab das wohl gewusst, dass du das Plakat nicht vollgeschmiert hast. Mit dem kleinen Bleistift hättest du lange herumkritzeln können. Damit hättest du das Plakat nicht vollschmieren können und das **H** hättest du auch nicht weggekriegt. Ich wollte dir bloß ein bisschen Angst machen. Du weißt doch, einmal ist immer das erste Mal!«

Es weihnachtet sehr

Weihnachten stand wieder einmal vor der Tür und die Tage der Adventszeit waren eigentlich wie in jedem Jahr. Auch das Wetter war vor Weihnachten die übliche Mischung aus grau verhangenem Himmel, dem die Erde ihre unberechenbaren Regengüsse mit einigen Schneeflocken schickte, und einem Auf und Ab zwischen Warm und Kalt, als wüsste der Winter sich wieder mal nicht zu entscheiden.

Auch im Dorfkrug nebenan hatte die Adventszeit Einzug gehalten. Unter der Decke baumelte ein großer Adventskranz mit roten Kerzen, die nie angezündet wurden, und auf der chromblitzenden T-förmigen Zapfanlage, aus der vier Bierhähne herausschauten, stand ein einsames Kerzlein in ein paar Tannenzweige gezwängt und flackerte vor sich hin.

Wir Kinder schwelgten in erwartungsfroher weihnachtlicher Stimmung, die uns näher zusammenrücken ließ, und recht häufig hielten wir uns nicht ohne Grund am Dorfkrug auf. Vielleicht spendierte uns ja, so dachten wir, der eine oder andere in seiner Adventslaune ein paar Bonbons oder Schokolade. Denn auch die Erwachsenen waren in vorweihnachtlicher Laune wärmer und zugänglicher, so auch in der Gaststube des Dorfkrugs. Und selbst die wohlbeleibte Wirtin hinter der Theke trug ihre unverkennbare Adventslaune vor sich her, wusste sie doch, dass der Inhalt aus dem grünen Sparkasten, der neben dem Stammtisch an der Wand hing und nun Mittelpunkt der Gespräche war, nach der Leerung wieder in ihre Tasche floss.

Die frohe Kunde, wie viel denn jeder so im Laufe des Jahres zusammengebracht hatte, und die einzelnen Sparguthaben wurden wie jedes Jahr von Herrn Grohmann von der Spar- und Darlehnskasse überbracht. Jedes Mal ein Fest für den Dorfkrug und nicht wenige hatten schon kurze Zeit später die mühsam gesparten paar Mark in entsprechende Getränke verwandelt.

Wie wir durch die Fenster sehen konnten, an denen wir uns die Nasen plattdrückten, saßen wie üblich auch wenige Tage vor Weihnachten die standfestesten Zecher mit erhitzten Gesichtern in der verqualmten Gaststube und redeten sich mit Weihnachtlichem und Belanglosigkeiten die Köpfe heiß.

Aber an diesem bewussten Tag schien einer von der vorweihnachtlichen Stimmung nichts mitbekommen zu haben. Missmutig, die beiden Ellenbogen auf die Theke und das Kinn auf die Hände gestützt, starrte Moritz Lührmann, der Nachbar von nebenan, auf das Schnapsglas, das er inzwischen etliche Male geleert und nun verkehrt herum vor sich hingestellt hatte.

Manchmal murmelte er etwas Unverständliches vor sich hin, schüttelte ab und zu den Kopf, als könne er etwas nicht begreifen, und dabei drehte er das Glas wieder und wieder herum, setzte es mal mit dem Fuß und mal mit der Öffnung auf die Theke. Klack, klack klack machte es jedes Mal. Die Tür stand ein wenig offen, so dass das Geräusch auch draußen deutlich zu hören war. Sein monotones Tun wurde vom Nebentisch plötzlich durch einen Zuruf unterbrochen. »Wat hät di denn de Petersielie verhagelt, mak man blot n'annert Gesicht, is doch bald Wiehnachten«, scholl es vom Tisch nebenan.

»Wiehnachten«, knurrte Moritz Lührmann zurück, während er aufhörte das Glas zu drehen, »lat mi bloß tofreden med dien Wiehnachten!« Nein, es war nicht gut Kirschen essen mit ihm. Wer ihn kannte, der ließ ihn besser zufrieden, wenn er in diesem Zustand war. Der Zurufer wusste natürlich nicht, was geschehen war. Aber ich wusste nur zu gut, warum Moritz Lührmann so missgelaunt war.

Wie in jedem Jahr stand Lührmann kürzlich mit sei-

246

nem abgewetzten Zollstock vor der Tür von Tante Lena, die vorsorglich schon mal die Flasche in Sichtweite auf einen kleinen Tisch gestellt hatte. In ihrem unverkennbaren Tonfall, in dem schon etwas von einer weihnachtlichen Stimmung zu spüren war, sagte sie:

»Diesmal besorgen Sie mir aber einen besonders schönen Baum, Herr Lührmann«, dabei schenkte sie rasch das erste Gläschen ein. »Damit das besser klappt mit dem Messen«, bemerkte sie gerade noch, als schon der Schluck in der Kehle von Moritz Lührmann gluckste, begleitet von einem unverkennbaren zischenden, ächzenden »Aaaahh«, dem Geräusch des Wohlbefindens, als der Schnaps in seinem Magen gelandet war.

Seit Jahren besorgte Moritz Lührmann für einige Nachbarn die Weihnachtsbäume. Er ging dann immer gewichtig mit seinem Zollstock zu jedem einzelnen, um Maß zu nehmen, obwohl er längst wusste, welche Höhe der Weihnachtsbaum bei welchem Nachbarn haben musste. Aber das Maßnehmen war ihm wohl deshalb so wichtig, weil er dabei so gut ins Klönen kommen konnte und weil jedes Ausmessen mit ein paar Gläschen begossen wurde.

Das hatte wohl auch der Postbote Brinkmann geahnt, der inzwischen in der Tür stand, die ich ihm auf sein Klopfen geöffnet hatte. Sicher brachte er, wie in jedem Jahr, ein paar Mark von einem spendablen Verwandten.

»Da komme ich ja gerade richtig«, sagte der rundliche Brinkmann, der schon beim Eintreten die volle schwarze Tasche mit einem Schwung auf den Bauch schwenkte, mit einer Hand eine rosa Postanweisung herausnestelte und mit der anderen Hand die blaue Schirmmütze mit dem schwarzblanken Schirm gekonnt nach hinten auf den Hinterkopf schob.

»Geld gift dat vandage, to'n Wiehnachtsfest«, sagte er anschließend und während er gekonnt die Postanweisung zum Unterschreiben und das dazugehörige Geld auf den kleinen Tisch neben die Schnapsflasche legte, griff seine andere Hand das Glas, das Tante Lena inzwischen für ihn auf den Tisch gestellt und bis zum Rand gefüllt hatte.

Brinkmann beugte sich ein wenig nach vorn, führte das Glas an den Mund und kippte mit einem Ruck, dabei flog der Kopf in den Nacken und der Oberkörper beugte sich zurück, den Schnaps in die Kehle. Darauf krümmte er sich ein wenig zusammen, zog die Schultern bis zu den Ohren hoch, verzog sekundenlang grimassenhaft das Gesicht, als hätte er in eine Zitrone gebissen, als gäbe es nichts Scheußlicheres als diesen Schnaps.

Danach schüttelte er sich mit einem typischen ächzenden »Aaaah«, und während er etwas murmelte wie: »Schmeckt fast wie selbstgebrannt«, streckte er, das Glas in der Hand, ruckartig den Arm nach vorn, und das hieß: Auf einem Bein kann man nicht stehen. Bei Lührmann war es ebenso.

Als der endlich, nach einigen weiteren Gläschen und schon etwas wackelig in den Beinen, den Heimweg antrat – Brinkmann der Briefträger hatte inzwischen, ebenfalls nach ein paar Gläschen, seinen Weg fortgesetzt – war es bereits fast Mittag und die Zeremonie des Ausmessens war sichtlich nicht ohne Wirkung geblieben. Durch das Fenster konnte ich sehen, dass Lührmann Mühe hatte, seine Haustür zu öffnen.

Zwei oder drei Tage vergingen, ohne dass etwas Besonderes passierte. Die weihnachtlichen Vorbereitungen vor dem Fest gingen ihren Gang, und endlich stand auch Nachbar Lührmann mit dem Weihnachtsbaum vor der Tür. Tante Lena und ich hatten ihn bereits kommen sehen und erwarteten ihn, noch ehe er klopfen konnte, an der Haustür, die Tante Lena mit einem Schwung geöffnet hatte.

»Da kommt ja endlich mein schöner Weihachts…!« Sie hielt mitten im Wort inne und ich sah, dass es ihr offensichtlich die Sprache verschlagen hatte.

Draußen stand ein sichtlich bekümmerter Moritz

Lührmann, in der einen Hand einen Werkzeugkasten, wie ihn die Zimmerleute und Schreiner benutzten, und in der anderen eine Fichte, die wohl der zukünftige Weihnachtsbaum für Tante Lena sein sollte.

Aber was war das für ein Baum? Krumm und schief mit angeknickter Spitze und auch sonst in reichlich deformiertem Wuchs. Was in der Mitte einseitig zu viel an Zweigen war, fehlte auf der anderen Seite fast gänzlich. Und von der Mitte an neigte sich der Baum zwei Handbreit nach rechts und nach unten hin krümmte sich der Stamm, als sollte er ein Flitzebogen werden.

»Er ist nicht gerade der allerschönste, aber das kriegen wir schon irgendwie hin«, murmelte Lührmann betreten und drehte den Baum um eine viertel Umdrehung hin und her, der in dieser Position keine bessere Figur machte, denn nun neigte sich die Spitze zwei Handbreit nach vorn und um die Taille herum bot der Baum nun einen zweiglosen und trostlosen Anblick. Der liebe Gott, das fand selbst ich, musste einen wahrlich schlechten Tag gehabt haben, als er diesen Baum wachsen ließ.

»Hinkriegen?« Tante Lena fand nur mit Mühe ihre Fassung wieder. Der Baum, ihr Heiligtum zu Weihnachten in dieser Gestalt, das durfte doch wohl nicht wahr sein. »Hinkriegen? Herr Lührmann, was ist denn da noch hinzukriegen. Sie sollten mir doch einen schönen Baum besorgen, einen schönen Baum!«

Die schwerste Enttäuschung seit Menschengedenken stand in ihr Gesicht geschrieben und ebenfalls ihre Stimme, im Tonfall schlimmster Enttäuschung, ließ keinen Zweifel daran, dass sie das so schnell nicht verzeihen würde.

Lührmann sank noch mehr in sich zusammen und suchte nach Erklärungen. »Waren alle schon ausverkauft dieses Jahr, bis auf diesen da!«

»Und den bringen Sie ausgerechnet zu mir, diesen Baum?« Tante Lenas Stimme klang in vorwurfsvoller, weinerlichen Gereiztheit.

Lührmann nahm allen Mut zusammen und hob seinen Werkzeugkasten in die Höhe, aus der eine Handleier mit einem Holzbohrer herausschaute. »Ich nehme einfach ein paar Zweige da unten raus und bohre sie da oben wieder rein, dann hat er auf der anderen Seite auch ein paar Zweige und dann …!«

»Rausnehmen, reinbohren, das ist doch kein Baum, nein, nein, nein … Und dafür habe ich nun Zweimarkfünfzig bezahlt!« Tante Lenas Stimme klang weinerlich-vorwurfsvoll, entrüstet, während sie sich kopfschüttelnd in ihrer zentnerschweren Enttäuschung in einen Sessel im Korridor fallen ließ.

Lührmann stand noch immer in der Tür, reichlich

betreten, schaute auf den Boden, zuckte mit den Achseln und sein sichtlich schlechtes Gewissen drückte ihn schwer.

Dann kam mir der rettende Einfall! »Ich könnte doch einfach in den Wald gehen und einen schönen Baum klauen ... Ich weiß, wo schöne Bäume stehen!«, beeilte ich mich noch schnell zu sagen. Dabei fuchtelte ich mit der stumpfen und altersschwachen Axt, die auch manchmal als Hammer und zum Pfähleeinschlagen benutzt wurde und die ich in der Zwischenzeit aus dem Schuppen geholt hatte, in der Luft herum.

Das war zu viel. »Einen Baum klauen?« Tante Lena kreischte fast und sie sprang dabei wie von einer Hornisse gestochen aus ihrem Sessel hoch, stemmte die Arme in die Hüfte und noch einmal erscholl ihre hohe, durchdringende Stimme: »Einen Baum klauen, das ist doch wohl die Höhe. Nein, nein, nein, ich bin schwer enttäuscht!«

Sie ließ sich kopfschüttelnd in ihren Sessel fallen und ihr Gesicht halb abgewandt, nun mit roten und weißen Flecken, zeigte jetzt einen Ausdruck von Unversöhnlichkeit, der auch nicht mehr den geringsten Spielraum zuließ. Einen Baum klauen, Tante Lena war erschüttert, beleidigt und zutiefst getroffen, das war nicht zu übersehen.

Moritz Lührmann zuckte noch ein paarmal mit den Achseln, blickte zu Tante Lena, dann zu mir, schüttelte wiederholt den Kopf und wusste wohl, dass diesmal der Schrank mit der Flasche zubleiben würde. Aber wohin jetzt mit dem Baum? Er schüttelte unablässig den Kopf, zuckte erneut ein paarmal mit den Achseln, stellte ihn schließlich vorsichtig hinter die Tür und machte sich mit gesenktem Kopf, den Werkzeugkasten in der Hand, ein paar Häuser weiter auf zum Dorfkrug, wo er dann, missmutig vor sich hinbrütend, an der Theke saß. Diese schwere Angelegenheit verlangte mit ein paar Schnäpsen beruhigt zu werden. Und das war nicht zu übersehen

Tante Lena hatte davon nichts mehr mitbekommen, denn noch immer saß sie abgewandt in ihrem Sessel und schüttelte verständnislos den Kopf.

Ich war inzwischen vom »Fenstergucken« am Dorfkrug zurück, wagte sie aber nicht anzusprechen. Eine bedrückende Atmosphäre machte sich im Hause breit und der letzte Tag vor dem Fest quälte sich wie Blei dahin. Weihnachten ohne Tante Lenas Baum, das konnte einfach nicht wahr sein, und doch schien es schwere und unverrückbare Gewissheit.

Unberührt stand der Unglücksbaum, wie ihn Lührmann hinter die Tür gestellt hatte, und ich bemühte mich, an ihm vorbeizusehen. Zu sehr führte er mir vor Augen, dass diesmal Weihnachten sicher anders sein würde.

Dann war der Baum plötzlich verschwunden. Lührmann, dachte ich, er hat ihn wieder abgeholt und zu Kleinholz gemacht.

Endlich war der Heiligabend da. Tante Lena hatte ich die letzten Tage nicht gesehen. Nur ab und zu hörte ich sie hinter ihrer Wohnungstür wirtschaften. Vorsorglich ging ich ihr aus dem Weg, zu tief spürte ich noch ihre Entrüstung. Hätte ich nur nicht gesagt, ich würde einen Baum klauen.

Der spätnachmittägliche Gang in die Kirche führte mir vor Augen, wie schön Tante Lenas Baum hätte sein können. Mindesten drei Meter hoch stand in strahlendem Kerzenglanz ein märchenhafter Tannenbaum neben dem Altar. Wenn Lührmanns Baum nur ein bisschen von diesem Baum gehabt hätte, nur ein kleines bisschen … Ich mochte es nicht zu Ende denken.

Der Weg nach Hause durch den dunklen Heiligabend dauerte länger als sonst. Was wohl Tante Lena macht ohne Baum, der Gedanke war allgegenwärtig, der sich erst im Öffnen der Haustür verlor, im Gewahrwerden des unverhofften, warmen Lichterglanzes, der durch die geöffnete Wohnungstür fiel.

Und da stand er, in strahlendem Kerzenschein, Tante Lenas Weihnachtsbaum. Welch ein Wunder. Fast um die Hälfte gekürzt, auf eine mit Weihnachtspapier verschönerte, hohe Kiste gestellt. Zwei kaum sichtbare Bindfäden nach links und rechts mit Nägeln an der Wand befestigt, zogen den verbogenen und geknickten Stamm halbwegs in die Senkrechte, und eine dreifache Menge Lametta auf einer Seite verbarg, so gut es ging, die zweiglose Stelle.

Ein ebenfalls in Weihnachtspapier eingepacktes, etwa einen halben Meter langes und bestimmt zehn Kilo schweres Stück Eisenbahnschiene, hin und wieder benutzt als Ambossersatz zum Nägelgeradeklopfen, lag als Gegengewicht auf dem Christbaumständer und verhinderte, dass der Baum das Gleichgewicht verlor. Es war atemberaubend festlich.

»Er ist nicht ganz so groß dieses Jahr, aber ist er nicht trotzdem schön, mein Baum?«, und Tante Lenas Stimme klang feierlich.

Irgendwie konnte ich es nicht fassen. Erst die Päckchen unter dem Bäumchen brachten mich in die weihnachtliche Wirklichkeit zurück. Auch ein kleines Päckchen, in Weihnachtspapier eingewickelt, versehen mit einer Schleife und einer kleinen Karte, lag da und darauf war zu lesen: Herrn Lührmann, alles

Gute zu Weihnachten.

»Das bringst du morgen zu Herrn Lührman«, sagte dann Tante Lena mit ihrer typischen Heiligabendstimme, »damit er nächstes Jahr meinen Baum nicht vergisst, und sag ihm auch noch, ich wünsche ihm alles Gute und ein recht frohes Weihnachtsfest.«

Der Weihnachtseinkauf

Adventszeit, zwei Tage vor Weihnachten, kurz vor Ladenschluss, höchste Zeit für Geschenke. Raschen Schrittes biege ich in die Hauptstraße ein, die geradewegs in die weihnachtlich geschmückte Fußgängerzone führt. Ein paar Kleinigkeiten sollen es noch sein, nichts Großes, Aufmerksamkeiten, sogenannte Ich-habe-an-dich-gedacht-Geschenke. Dafür reicht gerade die Zeit – und das Geld, und noch ehe der Gedanke zu Ende gedacht ist, stolpere ich um ein Haar über ein Beinpaar, welches dahingestreckt den halben Bürgersteig versperrt.

Nach einer Schrecksekunde und im plötzlichen Stehenbleiben erfasse ich die Situation. Gepflegtes Äußeres, selbst im Liegen noch die messerscharfe Bügelfalte der dunklen Hose, ein halblanger grauer Mantel, passend dazu ein verrutschter und nun zerknautschter grauer Hut und reglos in dem edlen Zwirn eine männliche Gestalt in den besten Jahren.

Ich sehe ein glattrasiertes Gesicht, welches seitlich auf einem mit weißem Hemd und rotbraunem Manschettenknopf ausgestatteten Unterarm ruht, und erblicke eine ebenso rotbraune darüberdrapierte Krawatte, welche mit dem unteren Ende das nassglänzende Steinpflaster des Bürgersteiges vor der Hoteltreppe schmückt.

Noch etwas atemlos beuge ich mich zu dem am Boden Liegenden hinunter. Er wird doch nicht etwa seinen letzten Atemzug …

Vorsichtig rüttele ich ein wenig an seiner Schulter. »Hallo, Sie … was ist passiert, ist Ihnen schlecht geworden, brauchen Sie einen Arzt?«

Der Mann rührt sich nicht, bis auf eine winzige Bewegung um seine Mundwinkel. »Hallo, Sie«, sage ich noch einmal etwas lauter und rüttele diesmal etwas fester an seiner Hand, die den Griff einer braunroten, eleganten Aktenmappe umklammert.

Besser einen Arzt, denke ich und indem ich ansetze, die Treppe zum Hotel raufzusputen, entfährt dem Liegenden ein lautes Schnaufen und er murmelt etwas Unverständliches. Erneut beuge ich mich zu ihm hinunter.

»Was ist mit Ihnen, brauchen Sie einen Arzt?« Nochmals schnauft der Liegende, diesmal so heftig, dass mir unmissverständlich die Ursache der Bodenlage klar wird. Seine gemischte Atemwolke erinnert mich stark an Rotwein, Feuerzangenbowle und gut sortiertem Schnapslager. Dazu kaum verständlich gelallt: »Verflixtes Kopfsteinpflaster!«

Vollrausch, nach Weihnachtsfeier, diagnostiziere

ich daraufhin unmedizinisch, aber der Situation angemessen und in der Sache warscheinlich richtig. Soll ja in den besten Familien vorkommen. Aber muss ausgerechnet ich über seine Beine stolpern? Kein richtiger Notfall, nur Vollrausch. Ich blicke zur anderen Straßenseite hinüber. Wäre ich doch bloß drüben gegangen. Wollte ich nicht zum Geldautomaten und Geld holen?

»Fehlt noch, dass du den jetzt hier liegen lässt«, tönt unmissverständlich in mir mein innerer barmherziger Samariter. »Du kannst dein Gute-Taten-Konto durchaus etwas auffüllen, gerade jetzt zu Weihnachten. Notfall oder Vollrausch, wo ist da der Unterschied, aufstehen kann der alleine nicht. Und wenn er in der Nässe liegenbleibt …«

»Ja, ja, ist ja schon gut«, beschwichtige ich meine innere Stimme. »Ich helfe ihm ja …« Und mit Schwung fasse ich den Berauschten, der noch immer vor sich hinlallt, mit beiden Händen unter den Achseln und versuche ihn hochzuziehen.

Warum sind Betrunkene nur so schwer, geht es mir durch den Sinn, ein zwei Zentner schwerer Kartoffelsack ist nichts dagegen.

»Sie müssen mir schon helfen, dass Sie auf die Beine kommen«, raunze ich ihn an, während der Betrunkene noch immer hartnäckig das Kopfsteinpflaster beschimpft. »Blödes Kopfsteinpflaster, blödes!«

»Ja, ja, ich weiß, das Kopfsteinpflaster hat Schuld«, sage ich, »aber wenn Sie jetzt nicht endlich aufstehen, dann bleiben Sie hier liegen, dann können Sie mit dem Weihnachtsmann reden, ob der Sie vielleicht zu Weihnachten nach Hause bringt. Und lassen Sie um Gottes willen endlich Ihre Tasche los, damit Sie sich bei mir festhalten können, ich nehme Ihnen schon Ihre Millionen nicht weg!«

Vergeblich. Auch der vierte Versuch scheitert. Aber immerhin sitzt er jetzt schon, aber noch immer klammert er sich an der Tasche fest. Ich starte zu einem fünften Versuch. Endlich, nach Beschwören aller Schutzheiligen und Anrufen einer gleichwie vermuteten oder bezweifelten himmlischen Allmacht gelingt es, den Betrunkenen endlich auf die Füße zu stellen.

Schwankend wie ein Halm im Wind, die Tasche dabei wie festgewachsen an seiner Hand, schlenkert er hin und her, droht es ihn wieder umzuwerfen, und seine Füße finden kaum festen Stand auf dem Pflaster, das ihn noch immer beschäftigt: »Blödes Kopfsteinpflaster, blödes!«

Dann versuche ich als Gegengewicht sein Gleichgewicht zu halten, beinahe stürzen wir beide, und von irgendwo klingt es weihnachtlich »Süßer die Glocken nie klingen …!«

Einige Passanten schauen belustigt oder weg. Eine junge Mutter mit murmeläugigem, blondzöpfigem Mädchen bringt sich schnellen Schrittes aus der vermeintlichen Gefahrenzone.

»Mami, was machen die Männer da?«, wundert sich der Blondschopf, den Zeigefinger in die Unterlippe eingehängt.

»Nichts, nichts, das ist nichts für dich!« Die Mutter zerrt es vorwärts, die blonden Zöpfe fliegen.

»Ja, aber …!«

»Nichts, nichts, das ist nichts für dich …!« Und wieder schallt es von irgendwo: »Süßer die Glocken nie klingen!« …

»Wohin soll ich Sie bringen?«, schreie ich dem Alkoholisierten nun ins Ohr, der endlich, von mir eingehakt, einen etwas weniger schwankenden Stand gefunden hat, während sein Arm mit der Tasche in Richtung Bushaltestelle schlenkert. Ich schreie nochmal: »Wollen Sie zum Bus?«

»Ja, … Bus … nach Hause … Weihnachten«, murmelt er schwerfällig und zieht mich im plötzlichen Lostorkeln in Richtung Bushaltestelle. Gerade rechtzeitig, denn der Bus wartet mit geöffneter Tür und dahinter unmissverständlich und missbilligend die Miene des Busfahrers, als er uns kommen sieht. Kopfschüttelnd verzieht er das Gesicht, wir torkeln an ihm vorbei in Richtung mittlere Sitzreihe rechts.

»Ich zahl gleich«, sage ich noch hastig, während wir an ihm vorbeischleudern.

»Setzt euch bloß hin«, knurrt der Busfahrer und legt mit einem unfreundlichen Ruck den Gang ein. Zischend schließen sich die Türen. Auch wohl barmherziger Samariter heute, wenn auch nicht gerade freundlich, denke ich, während der Bus anfährt und uns in die Sitze plumpsen lässt. Eigentlich wollte ich den Angeheiterten doch hier nur reinsetzen. Na, egal, an der nächsten Bushaltestelle steige ich aus.

Dort angelangt rüttle ich meinen Nachbarn wieder wach, der inzwischen sein Nickerchen am Seitenfenster fortsetzt.

»Ich steige jetzt aus«, sage ich und stemme mich aus dem Sitz hoch. »Kommen Sie gut nach Hause!«

Noch während sich die Türen zischend für einige Fahrgäste öffnen, ich mich auf den Ausgang zu bewege, fährt mir die Donnerstimme des Busfahrers wie ein plötzlicher Überschallknall in die Magengrube.

»Na das fehlt noch, dass du den hier sitzenlässt. Erst zusammen saufen gehen und dann abhauen, wo gibts denn sowas!?«

Und noch ehe ich meine Erklärung vor Schrecken herausstammeln kann: »Aber ich wollte doch nur …«, setzt sich der Bus ruckartig in Bewegung, knurrt der Fahrer nochmal: »Das wäre ja noch schöner«, und schleudert noch einige zornige Bicke in den Rückspiegel, die mich in meinen Sitz zurückwerfen.

Dabei stoße ich den Betrunkenen abermals wach, der nun nicht mehr versteht, warum er in diesem Bus sitzt. »Mich einfach in den Bus setzen«, querruliert er weinerlich vor sich hin, »ich will noch nicht nach Hause, is… doch bald W…Weihnachten!«

»Nun reicht's aber«, sage ich an der nächsten inzwischen erreichten Haltestelle. »Wenn Sie nicht nach Hause wollen, hätte ich Sie auch auf der Straße liegen lassen können. Aber ich will Weihnachten zu Hause sein, komme, was will!«

Ich zerre den Lamentierenden und Widerstrebenden, der nun nicht mehr aussteigen will, weil Weihnachten erst letztes Jahr war, etwas unsanft am nun irritiert und nicht mehr ganz so finster blickenden Busfahrer vorbei zum Ausgang.

»Nun kommen Sie sicher alleine weiter«, rufe ich zu dem Angeheiterten nach. »Ich nehme an, hier kennen Sie sich aus!«

»Alles … k-klar«, lallt der und schlenkert mit seiner Tasche in Richtung des beleuchteten Platzes mit dem Weihnachtsbaum. »Ohh … du f…fröhliche«, singt er etwas falsch, aber heiter, als er den Bus mit einiger Schlagseite mal links und dann wieder rechts

hinter sich lässt und schließlich den Bürgersteig ent-
langschlingert.

»Ich muss noch bezahlen, auch für meinen Mitfah-
rer«, sage ich dann zu dem Busfahrer, der mit geöffneter Tür noch immer etwas irritiert schaut.

»Bezahlen …, nein, nein«, sagt er dann, »das ist
schon in Ordnung, ich dachte, Sie gehören zusammen, Sie seien zwei Kumpel, denen die Weihnachtsfeier nicht bekommen ist!«

»Ach wo«, erwidere ich. »Ich habe ihn aufgelesen,
konnte ihn ja nicht liegenlassen dort in der Nässe!«
Und mit einem leichten Schmunzeln füge ich noch
hinzu: »Sie waren ja auch so freundlich, uns mitzu-
nehmen. Vielen Dank dafür, und noch schöne Festta-
ge!«

Mit einem inzwischen verständnisvollen Ausdruck in den Augen und einem versöhnlichen Ton in der Stimme, dabei plötzlich mit strahlendem Gesicht, sagt er: »Ihnen auch schöne Weihnachten, … und nichts für ungut, konnte ich ja nicht wissen!«

»Alles in Ordnung«, rufe ich ihm zu, als er anfährt und dann noch einmal freundlich aus dem Seitenfenster winkt, in dem sich die Weihnachtsbeleuchtung für einen Moment widerspiegelt.

Ach ja, Weihnachten, denke ich – was wollte ich doch gleich in der Stadt …?

Dat Spoorbook

Ik kann mi dor noch goot op besinnen, as ik dat eerste Spoorbook kregen heff. Dor keem düsse Herr Grohmann, so heet he, vun de Spoor- un Dorlehnskass in de School un hett uns wat vertellt över dat Sporen. Dat wi dor nich fröh noog mit anfangen kunnen un sowat. Un as he dormit trecht weer, haal he ut siene swatte Aktentasch rode Spoorböker rut. Een vun düsse roden Böker sloog he op un seggt: »Ik lees dat mal vör, wat se dor in den roden Umslag indruckt hebbt, wat dor insteiht. ›Nicht alle die sparen, werden reich. Aber fast alle, die es nicht tun, bleiben immer arm.‹ Un dat wüllt wi doch nich, oder?«

Nee, dat wullen wi nich! Un so hebbt wi denn all uns Spoorböker kregen. In den Flur vun de School hung denn ok so'n Spoorkassen, un jeden hett dor sien Spoorfach kregen, wo wi denn de Pennige un Groschen rinsmieten kunnen. Veel weer dat jo nich, wat dor tosammenkeem, aver so'n Spoorbook to hebben, dat weer al wat.

Aver mien eerstet Geld, wat ik op dat Spoorbook henbrocht heff, dat weer nich ut den Sporkassen, dat weer vun mien rieken Onkel ut Amerika. Fief Mark

266

hett he mi geven, as he bi uns to Besöök wesen is. Fief Mark, dat weer en Barg Geld. Un dat meen ok de Mann vun de Spoor- un Dorlehnskass, as ik in de Adventstiet, dat rode Book un miene fief Mark in de Hand, vör sien Tresen stunn.

»So veel Geld, dat hett di wull al de Wiehnachtsmann brocht?«

»Nee, vun mien Onkel heff ik dat kregen, man ik will dat liekers op mien Spoorbook hebben!«

»Jo«, sä he, »ik schriev di dat in dien schönet, nieget Book rin!«

Un denn nehm he mien Spoorbook un sien swatten Füllfedderhalter un schreev denn mit blaue Tint, ganz langsam, in Schöönschrift een Fief! Un bi dat F, dor maak he so'n schönen Bagen. Wat heff ik mi wünscht, dat ik dat ok so kunn. Un mit eenmal höört he op to schrieven, kickt mi an, sett sik dorbi ganz kommodig in sien Stohl hen un fraagt: »Segg mol, hest du denn al dien Wunschzedel schreven?«

»Wunschzedel?"

»Ja, Wunschzedel, is doch bald Wiehnachten. Oder wullt du nix hebben?«

»Doch, Slittshoh will ik geern hebben!«

»Jo Slittschoh«, sä he dor, »Slittschoh heff ik ok kregen, as ik so oolt weer as du!«

Un as he dat so sä, seeg dat ut, as frei he sik, dat he

mi **dat** vertellen kunn. »Jo Slittschoh«, sä he noch eenmal, un dorbi keek he, as weer he ganz wiet weg, so as weer he gor nich mehr dor. Un denn sään wi beiden keen Wort mehr. He frei sik jümmer noch, as he so dorseet un över de Slittschoh nadenk, un de ole Klock an de Wand güng so langsam mit den groten Pendel hen un her, Tick, Tack, as wull se seggen: »Veel Tiet! Veel Tiet!«

Un ik stünn dor, un dach an mien Spoorbook un an den Wunschzedel, denn so'n beten weer dat al to marken, dat Wiehnachten vör de Döör stünn. Dat sään ok de Lichten un dat Lametta an den grönen Tweig, mit de dree blanken Kugeln, wo sik dat Pendel vun de Klock in spegel. Veel Tiet! Veel Tiet!

»Nu mööt wi aver wiedermaken, anners verpasst wi noch Wiehnachten«, sä op mal Herr Grohmann, un denn nehm he wedder sien Füllfedderhalter un schreev op de anner Siet vun dat Spoorbook de Tahl – Fünf –. »So«, sä he denn, »nu mutt ik dat noch ünnerschrieven, un denn is dat fartig!«

As ik denn wedder vör de Döör vun de Spoorkass stünn, müss ik noch mal in dat Spoorbook rinkieken. Dat Schöönste in dat Book weer de Bagen vun dat **F**, un denn de Ünnerschrift! – Grohmann stünn dor, so as weer dat maalt. Un as ik so dorstünn, seeg ik Herrn Grohmann achter dat Finster stahn, un dat he mi noch eenmal mit en Lachen in't Gesicht towunk, so as wullt he seggen: »Ik pass goot op diene fief Mark op!«

Fast vierzig Jahre später, im selben Ort, in der inzwischen neuen Spar- und Darlehnskasse, ein Raum aus Stahl, Glas und Beton, gestyltes Ambiente, das Adventsgesteck nicht ausgenommen. Ein junger Mann steht eilfertig von seinem Computerschreibtisch auf.

»Bitte, was kann ich für Sie tun?«

»Ik heff dor so'n olet Spoorbook … Verzeihung, ich habe da ein altes Sparbuch«, sage ich und lege es auf den Tresen. »Ich möchte die Zinsen für die letzten 40 Jahre nachtragen lassen!«

Der junge Mann ist überrascht! »Noch nie gesehen so'n Teil, ist das von uns?« Er dreht das Sparbuch ein paarmal hin und her, betrachtet interessiert Vorder- und Rückseite und blättert schließlich die ersten Seiten um. Ein ungläubiger Ausdruck erscheint in seinem Gesicht!

»Guthaben Einemarkzwanzig«, sagt er dann.

»Ja«, sage ich, »und darauf möchte ich die Zinsen nachtragen lassen, aber bitte von Hand nachtragen!«

Der junge Mann wird unsicher. »Von Hand nachtragen? Vierzig Jahre Zinsen für Einemarkzwanzig?«

»Ja«, sage ich, »Zinsen für vierzig Jahre. Oder ist

das kein Guthaben, Einemarkzwanzig?«

»Doch, doch«, beeilt er sich geflissentlich, »aber«, er kratzt sich an der Stirn, »sowas hatten wir noch nicht!«

»Was nicht«, frage ich, »dass jemand nur Einmarkzwanzig auf dem Konto hat?«

»Nein, nein, nur die lange Zeit und .– von Hand nachtragen …, ich glaube, das geht gar nicht mehr. Moment, da muss ich erst mal fragen!« Der junge Mann verschwindet hinter einer gepolsterten Tür, die sich geräuschlos schließt.

Un dor stah ik nu un denk doröver na, dat de Tiet nich stahnbleven is un dat Eenmaaktwintig op en Sparbook nich mehr is as Erinnerung an de Kinnertiet. Un düsse Tiet is nich mehr dor! Un dat noch een vun Hand in so'n Book inschrieven deit, dat gifft ok nich mehr.

Hüüt maakt dat allens de Computers, seggt se. Un de Ünnerschrift, schrieven kannst dor nich mehr to seggen, de Ünnerschrift is so'n Gekrakel, dat keen Minsch mehr lesen kann. Un wo keen Minsch mehr Tiet hett, Tiet is Geld, besünners in so'n Bank, schrievt se denn blots den eersten Bookstaav vun den Naam. Un denn steiht dor blots en B oder en W oder wat weet ik. Un keen Düvel weet, wokeen dat is, W oder B oder sünst wat!

Bi de nächste Sprookreform schullen se man de Ünnerschrift ganz vergeten, meen ik, dat maakt denn ok de Computers.

Ein Telefon klingelt ungeduldig, düdelütt-dudellütt, keine Zeit – keine Zeit. Die gepolsterte Tür öffnet sich und der Bankangestellte kommt zurück, sein Gesicht drückt Bedauern aus. Es sei leider nicht möglich, die Zinsen von Hand nachzutragen.

Und er gibt ergänzend zu verstehen, dass das auch eine Notwendigkeit im Hinblick auf die heutige Computerisierung und auch aus Rationalisierungsgründen und schon wegen der Lesbarkeit und … und … und … deshalb überhaupt nicht mehr gemacht werden könne. Aber – sein Gesicht hellt sich auf – man könne mir ja ein neues Sparbuch ausstellen und das alte entwerten, das sei kein Problem.

»Entwerten?«, sä ik, »nee ... nee, nee, dat will ik nich hebben! Entwerten nich! Un en nieget Spoorbook will ik ok nich!« Un as ik denn so dorstünd mit mien ool Spoorbook in de Hand, muss ik doröver nadenken, wo schöön dat weer, wenn mi noch eenmal in de Adventstiet een mit sien Füllfedderhalter so'n schöön F in mien Spoorbook rinschreev. Un de Ünnerschrift müss so sien, as weer se maalt. Un denn müss dor ok noch een sien un fragen:

»Hest du denn ok dien Wunschzedel al schreven? Is doch bald Wiehnachten!«

Keen Tiet, keen Tiet oder wat'n Malöör

Freedag half söss, man jüst na'n Supermarkt un en beten wat to eten un drinken, un Tante Bertas Frühlingsquark schall ik ok noch mitbringen. Denn man ran an de Inkööpswagen, dat Geld rinsteken un trecken. Schiet di wat, de Wagen geiht nich utenanner. Denn man noch mal trecken un noch mal – geiht jümmers noch nich. Mann oh Mann, ik heff keen Tiet, tippen wullt ik ok noch, un nu geiht verdammich nich mal de Wagen nich utnanner! Denn man dat Geld wedder rut – aver de Düvel kiekt mi över de Schuller – dat geiht nu ok nich.

Wooorüm kümmt dat Geld nich wedder rut? Den Knoop rindrückt, eenmal, tweemal un noch mal un dor …, nu is de Fingernagel ok noch af, aver dat Geld blifft binnen. »Himmeldunnerslag, bün ik bekloppt vundaag«, schimp ik bi dat Drücken un Trecken. Aver dat nützt mi ok nix, dat Geld blifft binnen un den Wagen krieg ik nich vun de Keed. »Geiht woll nich, wa?«, seggt en Deern, de achter mi steiht. Ok dat noch, dat kümmt mi graad topass, dat mi so'n Deern … »Nee, geiht nich, dat Schietding un dat Geld kümmt ok nich wedder rut,« segg ik bramsig.

»Laat mi man doon«, lacht se. »Kiek mal, dor

muttst du drücken, denn kriggst du dien Geld torüch, un dor muttst du trecken, denn kriggst du ok
dien Inkööpswagen. Wo du dat rinsteken hest, muttst
du mit dree Wagen in den Supermark fohrn. Un dat
wull du doch nich?«

»Nee«, segg ik, en beten dull. »Mit dree nich!«

»Ja, denn man to, nu man rin in den Laden«, seggt
se noch, plinkert mi to, un »Tschüs«, weg is se.

Mann o Mann, bün ik dösig, Kopparbeit strengt
an, seggt de Oss, un wo hett se dat nu maakt mit dat
Drücken un Trecken?

Egaal, nu man rin in den Supermarkt, de Regalen
langs, un meist föhr ik de Verköperin üm, de noch
achter mi herröpt: »Moin, moin, kann ik di wat hel-
pen?«

»Nee«, segg ik noch, un in Galopp suus ik hier un
dor dörch den Laden, haal mien Kraam tosamen,
denn mit Swung üm dat nächste Regaal, wo sik Hinnerk, de ole Sabbeltasch – de kümmt mi ok graad
wedder topass – eben en Buddel haalt. Ik hoop, dat
he mi nich süht un kiek op de anner Siet, aver dat
nutzt mi nix, he hett mi al lang sehn.

»Hest woll keen Tiet, wa«, snackt he mi an, un
haalt graad Luft un will mi wat vertelln.

»Nee«, segg ik, »ik bün in Druck«, un maak, dat ik
wegkaam. Dat bringt em forts in Brass un in't Lamen-

teren. »Dat de jümmers keen Tiet hett, keen sitten Oors hett he, ik glööv, ik mutt em mal en beten trechstüern!« Ja, Ja, snack du man, denk ik un smiet Tante Berta ehren Frühlingsquark in den Inkööpswagen.

Nu man an de Kass, wo sik al twee Lüüd um den eersten Platz kabbelt. Mann o Mann, un Wagen hebbt se, vull bet baven hen, as harrn se för Pingsten un Wiehnachten inköfft. Un ik wull doch noch tippen. Kloor, dat mi dat nich fix noog geiht, wenn ik düsse Wagen seh.

Mann, un wo langsam dat geiht met de Kass. Een Deel un noch en Deel – ik tell vun een bet hunnert un wedder retour, un … kloor, dat heff ik mi dacht …, nu söcht se ok noch de Knieptasch. De Lüüd, de achter mi töövt, verdreiht ok al de Ogen, nutzt nix, hier hest du Tiet mitbringen musst.

Mann, Mutti, denk ick, mit eenmal is Wiehnachten, ja woneem hest du denn nu de Knieptasch? Ach ja, in de rechte Manteltasch, oh nee, doch in de anner, och nee, ok nich, denn in'n Büdel, nu endlich, rut mit de Geldschiens. De Knieptasch mit de Ahnengalerie op un denn wedder to un wedder op. Schasst du nu mit en groten Schien betahlen oder beter mit en beten Lüttgeld? Endlich …, nu bün ik an de Reeg …, un nu – nu is de Poppierrull vun de Kass to Enn, un – ik faat an mien Büxentasch, ik glööv, ik kiek

so dösig as en Kau bi't Gewitter, ik heff mien Knieptasch in't Auto vergeten. Mutti, denn man nix för ungoot.

Un nu man torüch mit den Inköopswagen, vörbi
an Hinnerk mit sien Buddel, de mi breet angrient:
»Och, kiek mal, hest wat vergeten?«

»Ja, heff ik«, bell ik em gnadderig an. Denn in'n
Galopp ut den Laden rut, torüch na't Auto. Bi't Lopen
al den Slötel rut, rin in't Slott un – nix is. Worüm geiht
dat Slott nich op? Heff ik den verkehrten Slötel? Nee!
Hebbt wi Frost kregen? Nee, ok nich. Wooorrüm
geiht himmelkrüzdunnerslag de Döör nich op? Denn
de anner Siet. Geiht ok nich!

Denn weet ik, worüm de Döör nich opgeiht. Een
Stimm as en Dunnerslag poltert direktemang op mi
to: »Kannst mi mal seggen, wat du dor an mien Auto

to doon hest?«

»Waaat?«, segg ik, un as ik mi ümdreih, steiht dor en Kerl, breet as en Schapp vun achteinhunnertföfftig.

»Wat?«, segg ik noch mal, un denn al en beten wat vörsichtiger: »Dien Auto?«

»Dor kannst du op af, dat dat mien Auto is, du kannst woll nich richtig kieken, wo du ja keen Tiet hest, wa, oder hest du dien Brill vergeten?«, poltert he noch mal bramsig un steekt sien Slötel rin. De Döör is op.

»Sühst woll, geiht doch! Du söchst woll düssen dor«, un he wies na en anner Auto op de anner Siet. »Gröön is dat jo ok, denn man to!«

»O Mann, o Mann«, stamer ik, »bün ik en Dööskopp, dor mutt ik mi aver entschülligen. Nix för ungoot!«

»Ah, laat man goot sien!«, seggt he nich mehr so gnadderig, »ik heff jo mien Auto kregen!«

Ja, wo kunn dat vandaag blots angahn? Keen Tiet, keen Tiet, aver dreemal blameert bit op de Knaken. Tante Berta ehren Frühlingsquark liggt in'n Inkööpswagen in 'n Supermarkt, to eten heff ik vandaag nix, denn de Laden hett nu dicht, un tippen, jo tippen kann ik vandaag ok nich mehr. Wat en Malöör!

Wat den een sien Uul … oder de niege Tiet

So'n Spreekwoort kann veel seggen, dat wüss ok mien Grootvadder, as he an'n Amboss stünn un op de Seiß rümklopp un ik em vertell, dat de Naver woll al teihn Mal mit sien lütten, niegen Trecker üm sien Hoff föhrt.

»Junge«, seggt dor Grootvadder, »wenn he meent, dat he dor jümmer ümto föhren mutt, laat em föhren. He kriggt sik ok wedder in. Du bruust jo ok mit dien Rad twintig Mal üm dat Huus un hest dien Spaaß. Wat den een sien Uul, is den anner sien Nachtigall!«

»Aver is dat nich wat anners«, segg ik, »un wat hett dat mit en Uul un en Nachtigall to doon?«

»Nix«, meent Grootvadder, »dat segg wi so, wenn de een sien Spaaß an wat hett un de anner an wat anners. Nich dat jedeneen maken kann, wat he will, aver, wenn de anner mi nich weh deit mit sien Splien, laat em!«

»Ach so, du wullt mi vertellen, sien Trecker is sien Uul un mien Rad is mien Nachtigall?«

»Jüst so: Wat den een sien Uul, is den annern sien Nachtigall«, brummt he un kloppt wedder op de Seiß rüm.

Veertig Johr later stah ik dor un denk, dat dat Spreekwoort vun dormals jümmers noch sien Bedüden hett, besünners, wenn ik seh, dat de Lüüd wegen nix na en Scheedsmann gaht. Oder wenn de een oder anner verdammig nich glöövt, dat de een so'n Splien hett un de anner en annern.

Männichmal will mi dat aver ok nich in'n Kopp, wat mi Grootvadder dormals seggt hett. To'n Bispeel, as mien Fründ Hannes sien nee Handy op den Tisch leed.

»Dree Handys in twee Johr«, sä ik to em, »dat du ok jeden neemoodschen Kraam hebben musst. Ji hebbt ja all al krumme Finger vun dat Tasten-Drücken un richtig snacken köönt ji ok bald nich mehr. Dat is so bi de junge Lüüd, de snackt ok blots Computerspraak un Handyspraak, wat vun Surfen, Online, Mailbox, SMS un wat weet ik, un mit en Stift schrieven köönt se ok bald nich mehr. Un bi den Naam, dor heet dat nich mehr: Wo heest du, nee, de seggt: Wat is dien Handynummer?!«

»Laat man«, sä Hannes, »dat is de nee Tied un keen weet, för wat dat goot is. Un du weetst doch: Wat den een sien Uul …!"

»Ja, ja, dat hett mien Grootvadder ok jümmer seggt!«

»Dien Grootvadder, dat weer en kloken Keerl, ik glööv, he harr sik hüüt ok en Handy köfft, wenn he noch dor weer!«

»Grootvadder«, lach ik, »he un en Handy? In't Leven nich. Nee, nich Grootvadder, du weetst doch, wat de Buer nich kennt, dat fritt he nich!«

»Ja«, sä Hannes, »dat seh ik an di!«

Twee Daag later, grotet Malöör, kunn ik Hannes in't Krankenhuus besöken. He harr sik den Foot braken, wiet buten in't Holt.

»Wat löppst du dor ok bi düt Schietwedder rüm«, sä ik to em, as ik vör sien Bett stünn. »Wo hebbt se di denn funnen dor buten?«

»Ik heff de Füerwehr anropen un jem seggt, wo se föhren mööt!«

»Dunnerslag«, sä ik, »man goot, dat du dien Handy harrst!«

»Heff ik di doch seggt«, grien Hannes, wat den een sien Uul …«

»Ja, ja«, lach ik, »is den annern sien Handy. Ik glööv, Grootvadder harr sik doch en Handy köfft!«

»Segg ik doch«, grien Hannes noch en beten breder, »wat den een sien Uul …!«

Lopen in de Morgenstünn

Wat för den een sien Uul, is för den annern sien Nachtigall. Oder anners seggt: Wat för den een dat een is, is för den annern wat anners. Un noch anners seggt: Wat för den een en poor nee Stevel ween könen, könen för mi en poor nee Joggingschoh ween.

Lopen, hett mi de Dokter seggt, lopen is goot för de Gesundheit. Un dat schall ik man doon, an'n besten dreemal in de Week. Jo, un dat do ik nu Maandag, Middeweken un Sünnavend. De Lüüd kennt dat al nich anners, dat ik dor vör't Fröhstück dör de Gegend loop. Een poor gifft dat aver ok, de mööt jümmers wat dorto seggen, egal, wat se fraagt sünd oder nich.

Un ok düssen Dag. Duert nich lang, kümmt Krögers Heinz, dat Lästermuul, mit sien Knatterkassen achter mi her. Verslapen hett he wedder mal, denk ik, as he, de Schieven daldreiht, blangen mi herföhrt.

»Segg mal«, fraagt he, »Hest wat vergeten, dat du so gau löppst?«, un dorbi grient he över dat ganze Gesicht.

»Ja«, segg ik, »ik will man vörlopen un Bescheed seggen, dat du glieks kümmst, un dat du dien Peerd un dien Drahtesel in'n Stall anbunnen hest un dat du de dree Schreede na de Arbeid mit dien Dreckschleuder föhren musst!

»Dat kannst woll luut seggen, aver beter slecht föhren, as goot lopen«, seggt Krögers Heinz, un he grient noch breter. »Moin«, seggt he noch un weg is he.

Dummsnack in de Morgenstünn höört woll dorto, denk ik. Un denn höör ik achter mi en anner Klapperkist. De hett seker ok verslapen, dat he raast as en Bekloppten, denk ik noch, un mit een Satz bün ik in'n Graven.

»Rövenswien! Föfftig is dat aver ok nich«, schree ik em noch achterher, un ik ligg mit mien twee Hannen un Fööt in'n Dreck. Wat loop ik ok op de rechte Siet? Vunmorgen geiht dat goot los, denk ik, mit de Fööt in'n Modder un mit de Hannen in'n Dreck, aver mit de Nääs direkt op en geel Telefoonkoort un en wittroten Zedel. »Kontoauszug« lees ik op den Zedel, as ik wedder na baven kaam. Dor smitt een sien Vermögen vun de Sporkass weg un sien Adress glieks dorto. Denn dree Schreed vörut in'n Graven liggt mank annen Poppieren en gröön Breeftasch.

Kiek mal, denk ik, dat löppt sik allens wedder torecht, dat hett so ween schullt, dat ik dor in'n Graven ligg. Jüst in düssen Ogenblick, ik bück mi un haal de Breeftasch ut den Dreck, kümmt Brockmanns

Kurt, dat anner Grootmuul mit sien rustig Drahtesel, direkt op mi to. He is in Druck, dat is kloor. Ok verslapen, aver en groot Muulwark. Noch fofftig Meter weg bölkt he:

»Du hest woll güstern to veel sapen, dat du dor in'n Graven liggst oder söchst du Gröönfoder för de Karninken?«

»Nee«, schree ik torüch, »ik söök Telefoonkoorten!«

»Wat söggst du, Telefoonkoorten?«, bölkt he dicht bi, un ganz ut de Puust.

»Ja"«, schree ik ok noch mal, »Telefoonkoorten söök ik!«

»He is noch besapen«, gröhlt Brockmanns Kurt, as he mit sien klapprig Rad vörbiraast un sik en poormal ümdreiht.

»He söcht Telefoonkoorten in'n Graven, he is mall, he is mall. Ha, Ha!«

»Blöödmann«, roop ik achter em her, »pass op de Bööm un dien Kopp op!« Denn höör ik noch mal: »He is mall, he is mall, ha, ha!«

Ik stah jümmers noch in'n Graven, in een Hand de Breeftasch mit de Telefoonkoort un in de anner Hand den Kontouttog un den annern Poppierkraam. »Führerschein« lees ik nu, un denn »Polizeiausweis«. Dunnerslag, denk ik, wat för en Schandarm hett hier sien

Kraam hensmeten? Ach kiek mal, Polizeioberkommissar Stövermanns Gerd, uns Dörpsheriff mit sien Deenststeed in de Kreisstadt will sien Poppieren nich mehr hebben. Wat hett dat to bedüden?

He hett de Breeftasch verloren, dat is kloor. So een smitt sien Kraam nich eenfach weg. Aver, dat kümmt mi jüst recht. Tööv man, di will ik hölpen. Wat hest du güstern to mi seggt: »Dat gifft Saken, de vergitt man nich un de verleert man nich!« Un denn wullst du mi ok noch twintig Mark afknöpen för mien twei Achterlicht an't Fohrrad. Bald en halv Stünn hest du mi wat vertellt vun vergitt- man-nich un verleertman-nich un dat-deit-man-nich. Di will ik hölpen! As ik wedder to Huus bün, nehm ik denn ok glieks dat Telefon to Hand.

»Giff mi man den Stöverman an de Stripp«, segg ik to de Deern in de Zentrale.

»Stövermann«, höör ik em denn op de anner Siet, un mi dücht, so kann dat blots en Schandarm seggen.

»Moin Stövermann, ik will di blots vertellen, dat mi so'n Keerl vunmorgen fiefdusend Mark för diene Poppieren betahlen wull. Wenn du dien Breeftasch wedder torüchhebben wullt, muuttst noch en beten wat opleggen!« – Peng! – Nu tell ik, eentwintig, tweeuntwintig, dreeuntwintig, un denn denk ik, ik höör en luden Knall, as sien Hart in siene Büx fallt.

»Düwel noch mal, oh Düvel noch mal!«, seggt he denn mit en ganz fiene Stimm, un nu is he nich mehr de Schandarm, »ik heff de Breeftasch vunmorgen op dat Autodack henleggt, as ik de anner Jack antrocken heff. Un denn heff ik se vergeten, as ik lösfohrt bün. Oh Düvel noch mal!«

»Vergeten, ik denk du vergitts nix!«

»Ja, ja, ik weet, wat du seggen wullt, man ik bün ok blots en Mensch!«, segg he denn bedröppelt. Kann ik mi de Breeftasch denn afhalen?«

»Ja, ja kumm man un haal se di af!«

Keen söven Minuten later kümmt dat gröönwitte Auto mit Blaulicht op den Hoff raast un en bedröppelten Stövermann stiggt ut.

»Wat en Glück, dat du de Breeftasch funnen hest!«

286

»Ja, Stövermann, dat kannst luut seggen, aver laat di man nich ok noch blitzen, föfftig büst du ok nich föhrt!«

»Ik weet, aver ik mutt doch mien Breeftasch wedderhebben. Wat har ik blots op de Schandarmerie vertellt, wo de Polizeiutwies afbleven is, wenn du em nich funnen harrst. Dank di ok veelmals, dat mi glieks Bescheed geven hest!«

Un denn haalt he ut de Büx sien Knieptasch rut un seggt: »Finnerlohn, de steiht di to!«

»Nee, Stövermann, laat goot ween, dat kost di nix, dor will ik nix för hebben. Un mit dien dreeuntwintigföfftig op dien Konto büst du ja ok keen Dukatenschieter!«

Denn strahlt he över dat ganze Gesicht, as ik em de Breeftasch geev un he seggt: »Dor heff ik noch mal Glück hatt!«

As he wedder afbrust, denk ik, Glück hebbt wi beiden hatt. He, dat he wichtige Saken torüchkregen hett. Un ik, dat ik em wat torüchgeven kunnt un mi as en goden, ehrlichen Minsch föhlen kann. Wat för den een dat een is, kann för den annern datsülvige sien. Un nu kann ik de annern vertellen, dat Lopen in de Morgenstünn nich blots för de Gesundheit goot is.